文学的个人史
鲁迅传述和《朝花夕拾》

吴俊 著

华东师范大学出版社·上海

图书在版编目（CIP）数据

文学的个人史：鲁迅传述和《朝花夕拾》/吴俊著. —上海：华东师范大学出版社，2022
ISBN 978-7-5760-2890-4

Ⅰ.①文… Ⅱ.①吴… Ⅲ.①鲁迅著作研究 Ⅳ.①I210.97

中国版本图书馆 CIP 数据核字（2022）第 130793 号

文学的个人史
——鲁迅传述和《朝花夕拾》

著　　者　吴　俊
策划编辑　王　焰
项目编辑　庞　坚　张婷婷
审读编辑　陈锦文
责任校对　时东明
装帧设计　刘怡霖

出版发行　华东师范大学出版社
社　　址　上海市中山北路 3663 号 邮编 200062
网　　址　www.ecnupress.com.cn
电　　话　021-60821666　行政传真 021-62572105
客服电话　021-62865537　门市（邮购）电话 021-62869887
地　　址　上海市中山北路 3663 号华东师范大学校内先锋路口
网　　店　http：//hdsdcbs.tmall.com

印 刷 者　上海昌鑫龙印务有限公司
开　　本　890×1240　32 开
印　　张　5.625
字　　数　137 千字
版　　次　2022 年 9 月第 1 版
印　　次　2022 年 11 月第 2 次
书　　号　ISBN 978-7-5760-2890-4
定　　价　48.00 元

出 版 人　王　焰

（如发现本版图书有印订质量问题，请寄回本社客服中心调换或电话 021-62865537 联系）

目　录

序言一　阎晶明／1
序言二　自序／1

❦ 第一部分 ❦　鲁迅生平简谱和文学传述／1

❦ 第二部分 ❦　《朝花夕拾》分篇解读／89

　　一、《小引》《后记》：管窥创作心态和背景／90
　　二、《狗・猫・鼠》：仇猫说原由　论人见讽议／98
　　三、《阿长与〈山海经〉》：白描清淡叙事　记人深情抒怀／102
　　四、《二十四孝图》：悲哀的吊唁　激愤的抨击／106
　　五、《五猖会》：父权伦常下的童年之殇／111
　　六、《无常》：鬼戏演人事　褒贬凭善恶／116
　　七、《从百草园到三味书屋》：哀而不伤的忆旧和告别／121
　　八、《父亲的病》：庸医之恶与人伦反思／126
　　九、《琐记》：日常琐记中的青春成长痕迹／133
　　十、《藤野先生》："弃医从文"的人间"惜别"／140
　　十一、《范爱农》：自伤自悼"等轻尘"／151

❦ 后　　记 ❦　鲁迅文学个人史上的失踪者／159

序言一　阎晶明

人间烟火的精神气息
——读吴俊《文学的个人史——鲁迅传述和〈朝花夕拾〉》

去年某日，和吴俊在某一场合相聚，他在聊天中谈到正在写一部关于鲁迅的散文集《朝花夕拾》的专书。我听了以后颇觉新鲜，毕竟相对而言，研究者通常把《朝花夕拾》当作回忆性的记事散文阅读，用其中的故事当材料，引其中的说法作旁证是常有的，但专门就《朝花夕拾》进行主体研究还真的不多。我自然是表达了很期待读到其新书的热切心情。但他紧接着提出，希望我到时能为他的专书写一篇序言。我一听吓得赶紧摆手：使不得，使不得！之所以如此，绝非谦虚。我还没有发展到警惕"好为人序"的地步，但确实也不敢承担这样的重任。在我心目中，吴俊是学者，是专门家。一个人做多大学问也许不一定非得需要身份作资格证明，但是否专门从事却仍然体现着对待学问的态度。相比较而言，我这种身份不明的研究者，无论如何是不应该对专门学者的成果去做指点的。

但毕竟是多年朋友，吴俊的盛情又似乎推脱不得。终于，他在比原定时间晚了好几个月的时间后，将完成的书稿发来了。而且在书稿的目录页，预约的序言已经预设在标题中了。

首先我要说，幸亏吴俊发来书稿的时间比预定的延迟了足够长时间，否则都会"干扰"到我的写作了。因为今年初以来，我应一家出版社的邀约写了一本小书，讲述了鲁迅从故乡开始，一直到上海生活的生命历程。今读吴俊的这本《文学的个人史》，原来有半部书稿也是这样的写法。他以"生平简谱"和"文学传述"的两种平行结构，纵向描述了鲁迅各个历史时期的生活、工作以及创作上的收获。分期也是以鲁迅居住地的迁徙来划分的。读来既感熟悉，又多有新鲜之感。我们之间所不同的是，我写的小书，因为主要是面向初高中学生的，所以以讲故事为主，在故事的讲述中贯穿着对鲁迅性格、修为、创作的认识，努力切近尚在中学时期的学生们课外阅读的特点。而吴俊的"简谱"和"传述"，因为更像是要兼顾以大学本科以上青年为主的阅读对象，所以具有更强的学术性。但不管怎么说，我在已经交稿之后再读他的著作，因为少了"同题"写作的压力，便可以投入地学习并表达钦佩之情。

一部解读《朝花夕拾》的书，为什么要在前面用数万字来描述鲁迅一生的经历与创作呢？读过后思考，这绝非只是为了字数上的添加。《朝花夕拾》是鲁迅在北京和厦门这一人生最动荡的时期创作的一部回忆性散文集，他在广州编定并增写了序言式"小引"及后记。待到出版时，鲁迅已迁居上海，而集子中的文章，大多描写的又是自己少儿时的故乡生活。用吴俊的定义，《朝花夕拾》实际上可以视作是鲁迅的"文学个人史"。这些大多发生在他少年时期的故乡的故事（《藤野先生》例外），却并不只是回忆性的文章，无论是底层小人物如长妈妈，恶俗的本家亲戚如衍太太，还是父亲病与死的悲伤，百草园里的生机，三味书屋的兴味，一旦以文学的笔法呈现，尤其是出于鲁迅笔下，都不可能只是忆旧式的文字，而是时时处处涂抹着作者写作时的现实状况，表达着作者正在伏案时的心情，每一篇文章的背后，既有认识前事的价值，又具有通识性的意义。举个简单的例子吧，《藤野先生》一文的结尾："每当夜间疲倦，正想偷懒时，仰面在灯光中瞥见他黑瘦的面貌，似乎正要说出抑扬顿挫的话来，便使我忽又良心发现，而且增加勇气了,于是点上一枝烟,再继续写些为'正人君子'之流所深恶痛疾的文字。"这最末一句,"为'正人君子'之流所深恶痛疾",若是在1924年之前写,恐怕就不是这样。这句话即使送给藤野先生本人也不会读懂,需要从鲁迅写作时的处境、心境来分析和说明。在一定程度上,《朝花夕拾》里的故事,还透露出鲁迅审美观形成的来源、基础、过程,它们潜在地呈现于童年故事当中。喜欢《山海经》,憎恶《二十四孝图》,其他如迎神赛会的场景,无常的形象,因为父亲的病而反思庸医之害,"仇猫"的由来及态度,所有这些,都在故事之外表达着更深层的含义。但它们并不是以说理的方式直陈,而是在故事的叙述中自然流露而出。

《文学的个人史——鲁迅传述和〈朝花夕拾〉》紧紧抓住以上这些文脉,将一篇篇忆旧散文视作鲁迅的"文学个人史","个人史"中又展开一幅幅更加深广的人生图景。可以说,读懂《朝花夕拾》,需要有对鲁迅人生历程的全面了解。鲁迅一生的理想追求、现实境遇、创作表达,以及他的呐喊与彷徨、抗争与隐忍,在《朝花夕拾》里大都有或直接或隐晦的表达。就此而言,吴俊用一半的篇幅来讲述鲁迅的"生平简谱",并加以"文学传述"的引入,是一种特别必要的有机构成。他在这部分对鲁迅人生历程中重要的变故、转折,以编年体的方式,精准地而不是模糊地作介绍,对鲁迅一生中重要的创作作品作简要分析。难得的是,吴俊不忘记这是在一本关于《朝花夕拾》的专书中作生平及文学简介,行文中时时留意、关照各类话题与《朝花夕拾》之间的关系、关联,让《朝花夕拾》成为呼之欲出的主体对象。

本书的第二部分以逐篇分析的方式,对《朝花夕拾》全部十篇正文及《小引》和《后记》作了细致入微的评说。这些评说是对每一篇作品基本面的准确把握,也在其中传达出著者专业的、学术化的研究与论述。吴俊努力以体悟的而不是学究式的方法去理解原文,这让他得出很多来自真切感悟而不是理论先行的结论。比如对衍太太这个人物,吴俊指出在鲁迅眼里,她其实多半是个有着"平庸之恶"的俗人,是一个"精通礼节的妇人",行恶行的同时也有做好事的一面。进而得出"鲁迅的行文和思想的修辞术多在偶然中体现出浑然天成、恰到好处的意趣"这样的结论,兼具阅读心得与学术新见。这样的例证在书中可谓俯拾皆是,时常相遇。我相信,对于具有一定文学素养,对鲁迅人生及其创作有着深入了解热望的学生而言,这本著作的切入点和切入方式都是非常适合和恰切的。而且我分明可以感受到,作为严肃的学者,吴俊既坚持着学术的严谨,又以一种轻松的口吻、浅显的文字讲述着这一切,其中还有他自己在现实中的观察、体会,如在日本仙台寻找鲁迅足迹的经历,等等,写来流畅自如,读之亲切可感。

由于这是一部有着特定阅读对象的著作,所以吴俊显然在一定程度上收敛、克制了自己的学术能量,这也体现出他自身在拿捏分寸上的自觉意识。进而言之,《朝花夕拾》其实是一部需要在学术研究上深入挖掘的作品集。它本身具有很重要的研究价值,而不应只被当作研究鲁迅的"材料库"。有些在《朝花夕拾》中讲述的人和事,本来的情形究竟是怎样的,也有许多分歧意见。比如,鲁迅祖父下狱的原因是科考行贿,但其祖父是只写了一封请托信,是亲戚送信前擅自加入了银票,还是信中本身就有银票;父亲临终前鲁迅究竟有没有哭喊"父亲"的情景(周作人认为没有),以及让他哭喊的是衍太太还是长妈妈;促使鲁迅"弃医从文"的幻灯片究竟是在哪里看到的,等等,《朝花夕拾》引发的话题其实还有不少待解的"悬疑"。讨论清楚细节当然是一种学术责任,根本上说,这一切其实都基于一个最大的事实,作为一位经典作家,鲁迅身上发生的一切都有探究的价值,一个小细节或许也关联着大历史。

　　人间烟火的升腾中蕴含着精神气息。吴俊的这部著作营造了这样的氛围，引人入胜地诱发读者产生探究的兴致，这已经体现出一本书最大的价值。

　　谨以上述感言对吴俊在研究与写作上的新收获表示诚挚的祝贺！

2021 年 8 月 9 日

序言二　自序

一本"导读"而成的书

　　这部书稿的成因非常偶然。2019年的某天，我的母校华东师范大学中文系主任文贵良教授来电，命我写一篇《朝花夕拾》的导读文章，只要两万字，是给中学生看的教学辅导通俗读物。好像是配合教育部的课纲而作。我没加考虑就答应了。过后才明白这是一件难事。因为我根本不知道该怎样写这篇文章。这就拖了很长时间都没办法动笔。没想到，很快，新冠疫情就到了。而且，疫情到现在还没结束。新冠疫情把世界分成了两截，这篇文章跨越了两个时代。也该结束了吧，我才写下了这篇序言。

　　疫情改变了我的生活。2020年的上半年，很长时间，我几乎不用像往常那样去办公室上班了。上班除了开会，免不了一些程序性的冗务摩肩接踵而至。好消息少见，麻烦事总也不断。无穷无尽的乱象，令人气馁。感觉生命就要在这无聊颓丧中耗尽了。躺平虚度生命也更有意义啊。于是，这本书就在我的心里萌芽了。开始，只想着趁空刚好完成文贵良教授布置的任务。写过几篇后，忽然有了一种特别新鲜的感觉，我发现自己从未这样写过文章，从未这样写过鲁迅，从未这样写过文学批评。而且，刚开始写不久，我就预感会超出规定给我的篇幅字数。每篇都越写越长了。既如此，为什么不写成一本书呢？这会是一本有点挑战性的、又能满足我期待的新书。写法上如此还是小事，对我也许更有点心理和精神上的救援作用。疫情给了我暂停的机会，让我能够面对和考虑生活方式的意义问题。这本书的写作又使我得到了一种情绪和心理上的缓释，我想应该要和眼前的世界保持、拉开一些距离了。如愿以偿，最后，一篇两万字的文章，写成了一本逾十万字的小书。

也是疫情，促使我有了一点新的感悟。人际接触因受限而减少了，连开会和上课都只能采用视频形式了。这是互联网新媒体时代的新生态。一方面是隔绝，隔绝生命的威胁，且不惜以基本自由的限制为代价；一方面是连接，千方百计、无孔不入、无所不用其极的连接和沟通。隔绝和连接所凭借、所必须的技术环节都是媒介，广义的一切媒介手段和程序。从技术到制度到观念，新的世界和世界观跟着呼之欲出。疫情使互联网的时代真正进入了互联网的世界。这只要看电商的发达就会很清楚了。新世界成型了。由隔绝而催生连接，似乎是互联网新媒介的胜利。但恐怕新世界就此陷入了更悲观、更深刻的隔绝。互联网新媒介在连接的同时，也就更加证明了世界和人际的隔绝事实上已经越来越深重了。积重难返，我们和世界、我和你之间已经无法不依赖五花八门的重重媒介而产生关联。本真和本性淹没、消失在了无所不能的技术手段中。甚至，你不能不丧失自己的所有隐私权。技术便利和商业利益的自信与贪婪，遮蔽了一种本质：一切媒介及其功能的无穷开发，正是人类心底绝望、放纵自虐的象征。而且，这在互联网时代已经越来越变成一种惯性加速度在朝着无底深渊坠落。那么，人间人性的朴素又如何表达呢？单纯的生活还有可能吗？精神和情思的纯粹性、崇高性还有吗？

我忽然明白、觉悟了，给中学生写一篇导读的文章，进而写一本通俗的书，其实是给了我一个机会，可以尝试用朴素的方法回归文学，回归鲁迅；用朴素的方法回归文学鲁迅和鲁迅文学。也是回归我自己的人间生活。若干年来，鲁迅的话题在高校学院和自媒体的世界，已经越来越多地表现出各种极端现象：捕风捉影的信口开河、深文周纳的繁琐论证、异想天开的强制阐释。总以为当代文学批评难免恃才炫技、逞强斗狠，不承想鲁迅研究既支持"胡说八道"，也更适合学术内卷。唯独少了一点文学感受、文学欣赏、文学理解、文学情怀的人文审美经验的阐发和交流。难得这本书给了我从《朝花夕拾》开始展开鲁迅文学审美阅读的一次较为系统的机会。从《朝花夕拾》的分篇解读开始，以文论文，以文见人；以人证文，以人见事。既以文体修辞行文的解读为中心，兼以呈现作者鲁迅的生平风貌、大节主流。主要目标是在文学叙述上体会鲁迅写作的艺术技巧，在宏观面向上看清鲁迅的人生道路走向。因此，在《朝花夕拾》分篇解读之后，又有了鲁迅生平简谱和文学传述（本书第一部分）的设计。

我把《朝花夕拾》读作鲁迅的文学个人史，兼有文学性叙述和个人史回忆的双重性。文体行文的修辞术当然首要关心，个人生平方面也须有基本和扼要的把握。《朝花夕拾》的文体和内容的限制性特点启发我在踌躇良久之后终于有了顿悟：以个人编年体简谱为经，系之以文学笔法的传述和释论，成就一篇与《朝花夕拾》的文体和精神特点相当、匹配的鲁迅传述。鲁迅不失其亲切面目，我也获得了最大自由。重要的是，有关鲁迅的历史和思想的文学性表述有了可控发挥的形式。其实，古代史著中这类编年史体例很是常见，最早最著名的伟大典范就是《春秋左传》吧。只是我把它用来传述人物了。请原谅，这个类比举例并不恰当，我并没有妄自攀附之意。只想说明本书第一部分的人物传记体例，其实是有来历启示的一种自觉发挥而已。

本书最早成文的是第二部分的《朝花夕拾》分篇解读，后来一边润色一边就在《写作》杂志上连载发表了。我担心这种通俗性的作品解读写法是否有意义。也许在别人看来这是在浪费公共资源？其中最不好处理、我也没把握的一个难点是专业学术的通俗化表达问题。连载过程中，《写作》编辑宋时磊老师的鼓励给了我信心。他有一次说："特别是这种既有学术内涵，又相对通俗的解读方式，是应该倡导的一种学术写作风格。是我们一直希望找寻的样本，您是'理想的作者'。"看了这话我就很开心，真愿意信了，如释重负。不管怎样，总不至于使刊物难堪吧。否则真是太对不起了。在此鼓励下，我写完第一部分后，也同样有了试试先期连载发表的念头，后来就在《文艺争鸣》上分期发表了。非常感谢《写作》杂志方长安主编和宋时磊老师、《文艺争鸣》王双龙主编和张涛老师的宽容、慷慨的帮助。

与第二部分的《朝花夕拾》分篇解读相比，第一部分的简谱和传述是更加全面贯穿性的我对于鲁迅平生的系统看法。应该说，内容上第一部分要比第二部分更有学术性的支持。可以这样说，重要史实和事迹说法都有原始文献依据；涉及的学术观点、论述方式，皆出个人看法；如有旁涉他人之说，尽量提示，较新之说，尤在行文中说明。因为文体体例并非学术专著，注释文献之类就不再一一援列。但并不敢因此有任何学术失范或掠人之美问题的发生。

这是一本用朴素、自由的方式阅读和讲述鲁迅、鲁迅文学的书。在我看来，近年有些学术层面操作成的所谓复杂问题、深刻问题、新鲜问题，其实并不出于专业常识范围。甚至，就是假问题而已。我所谓朴素和自由的方式，是用最简单、直接而显豁的史料、经验而首先是鲁迅的文字，来客观呈现他的人生基本面向和写作主流取向，需要回答和明确鲁迅的人生经历、世界观和价值观的站位与立场，尤其是他的政治态度及现实选择的一系列最为相关性的重要问题。这些问题是理解鲁迅（文学）所必须的前提、框架和逻辑，也是关键。学术性的具体论证倒并不是本书的主体和主题。我还没有充分的把握认为这本书的写法是成功的。既然文贵良教授的单篇文章约稿最终促成了这本书，也许它的修订本会有理由是另一种样子。姑且先看这本书，其他以后再说。

衷心感谢尊敬的老朋友阎晶明先生拨冗赐序，这两年他的鲁迅研究系列，包括《鲁迅还在》《须仰视才见》《箭正离弦》等，都是我的案头书。他的赐序是我的荣幸和荣誉。我还特意向年轻的女学者李音教授请序。虽说她以前曾是我的学生，但我早就不敢再以学术上的老师自居了。正如古人所谓弟子不必不如师。听说她正打算写一本《朝花夕拾》的书，就请援手一序吧。但她的文章居然写成了五万多字，不太合这本小书的序言了。只能单独发表。在这本书就是个遗憾了。这里特别要说一句，现在年轻一辈学者中的鲁迅研究者，很多已经在知识背景、方法视野、学术观念等整体性上，显著推进、超越、提升了前辈的鲁迅研究水平，并表现出了强烈的学术个性，很值得"老朽"如我者竭诚学习。

最后当须感谢出版本书的华东师范大学出版社、王焰社长、朱华华老师、庞坚先生和张婷婷老师，都是老友，不多说客套话了，真是你们给了我温暖而无穷的力量。

2021年梅雨之季写于沪上复地北桥

第一部分
鲁迅生平简谱和文学传述

生平简谱

鲁迅（1881年9月25日—1936年10月19日），出生于浙江省绍兴府会稽县。原名樟寿（后改名树人）、字豫山（后字豫才）。1918年《狂人日记》发表于当年5月《新青年》杂志第四卷第五号，始用"鲁迅"笔名。

1887年起，入塾开蒙读书，接受传统教育。1893年秋，祖父"作弊"科场案案发入狱，家道由此迅速败落。鲁迅一度离家避难。父亲抑郁连年重病。1896年10月，父亲病逝，终年37岁。

文学传述

鲁迅人生的转折、甚至说开启，始于1893年秋他祖父（周福清，1838—1904，又名致福，字介孚，1867年举人，1871年进士）科场案的发生。这年鲁迅12足岁。此前种种家族遭遇经历，应该说和鲁迅并无直接关系。科场案也就是科举考试作弊案。祖父试图用银票买通同年考官给自己的儿子和家族子弟五人开后门考中录取，还周密约定了试卷上的作弊记号。同年即同科登第的科考生，就是和鲁迅祖父同一年考中进士的"同学"，这位"同学"恰是当年的主考官之一。同年关系是宗法社会关系的主要纽带之一，往往结成利益相关群体，彼此甚至还有着道德约束涵义。如麒派名剧《四进士》中的主要人物关系就是同年。但不承想这次贿赂的过程中出了意外,导致弊案败露。科举考试是朝廷选拔国家治理的精英人才和各级官员的考试制度,有点像是后来的公务员考试,根本上也是国家政治制度设计,而非单纯的文化知识考试。所以历朝对于科场案犯一向严惩不贷,甚至还有株连惩处的,主犯、要犯按律当斩,不会姑息侥幸。此类案件在清代也有先例。祖父因此系狱也就有了丧命之虞,恐怕难逃死刑。这使周家立即发生了几大变化,并直接影响到了鲁迅此后的人生轨迹和命运走向。

一是为保祖父性命,周家耗费了大量家产打点官府上下,以各种理由徇私说项,争取逃脱死刑。这样拖延了一阵,判决终于下来了:斩监候。也就是死刑缓期执行(后于1901年开释,1907年去世)。可见大凡到了一个朝代的末期,国家政治和法制已经坍塌,人情利益腐败盛行,风气崩坏成为普遍现象。只是周家虽说保住了家长老太爷的性命,名声却是坏了,而且家产耗去大部,眼看着家境就衰向了破落户,即鲁迅说的堕入了"困顿"之家。祖父后来多年系狱在杭州,成为威胁家族安全的一颗定时炸弹。家门如此一垮,鲁迅的少年时代就这样从富家少爷迅速堕落为"破落户子弟"。

二是科场案的判决惩罚直接影响到了鲁迅的父亲(周伯宜,1861—1896,一名凤仪)的科举和仕途前程,他被剥夺了从科考一途进身官宦的资格。这对一个耕读世家、官宦之家的子弟而言,正途出身就没有机会了——周家实际上就此被抛离了传统士大夫的政治和文化轨道。而且,也成了道德荣誉的负面典型,免不了背负社会的压力和歧视。这就不难想见鲁迅父亲的郁闷心衰是如何的深重,无怪乎很快就生起了大病。身心俱劣,拖不过两三年,郁郁而终。享年仅37岁。呜呼哀哉。遗下弱妻幼子喘息在清贫的生活中,不算早夭的幼子,三个孩子中最年长的鲁迅也才15岁。特别是对家庭经济的再度重创,因为不得不花钱治病，又几乎耗光了家里的所有产业积蓄，不得已还时常要与当铺打交道，饱受了世间的冷眼和蔑视。这对作为周家长子长孙的鲁迅实在是经济困窘和心理折磨的多重严酷打击。经此屈辱历练，鲁迅说可以看清世人的真相。

三是科场案发，有可能牵连累及家中男丁，周家子弟为保安全外出避难，鲁迅也逃难到了乡下母亲娘家、亲戚家托庇暂住。于是一种说法是鲁迅由此体验、明白了底层劳动人民的生活实况和思想感情，这当然很正确。还有一种说法就是鲁迅由此切身体验、明白了社会人情世故和自家个人命运的残酷真相——他被亲戚乡人鄙视辱骂为"乞食者"，也就是来讨饭吃的。鲁迅晚年在自传中提到了这一遭遇，可见记忆不可谓不深刻了。是呀，这对正经人家难道不是奇耻大辱吗？所以也就不难感受到鲁迅作品中大凡提及故乡S城的人，几乎都少有好感，相反的多数是贬词。顺逆之境的巨变中，最能见出真实的人心善恶，最能从中看透世道叵测的深浅；也最能磨砺人的性格意志，最能熏陶人的心理情感取向。生活的切身体验教训，教育了少年鲁迅，他后来的"走异路、逃异地"正有着生活实际的原因，何况周家已经不可能在故乡重新获得中兴门庭的荣耀了。故家的败落、个人的耻辱、生活的艰辛……种种不堪遭际，后来都在鲁迅作品（尤其是《呐喊》《彷徨》《朝花夕拾》）中表现了出来。一腔幽怨，一肚苦水，满心的郁愤，滴滴沥沥，诉不尽的肺腑衷肠。相比后来二弟周作人的故家回忆文字，鲁迅的悲愤沉痛是压抑在心底里逼渗出来的。

四是祖父系狱、父亲死后，长子长孙鲁迅的家庭责任和对个人未来的思考一下子成为眼前必须作出抉择、决定的首要问题。显然已经不可能再沿着传统惯性轨道继续生活了，好在中国近代的维新变革时势提供了新的出路和机会。正是读书深造的年龄，那就到新学堂去求新知识，尝试一下新的人生前途吧。即便前途未卜，也值得舍身一试。斟酌权宜之下，最合适的去向就是南京了。正好也有亲戚在那里可为照应。历史证明了这一抉择的正确性和关键性。鲁迅正是在南京开始了思想眼界和胸襟气魄的脱胎换骨、涅槃重生的过程。值此百年、千年未有之大变局，鲁迅选择了走向新世界的未来道路，这也是他对于自己的责任担当。鲁迅之成为鲁迅，当有其不得不然的客观原因；但最重要的还是他的主观抉择。他明白必须告别旧世界了。与故乡的诀别，成为他的人生抉择的负面动力，而根由正可以追溯到祖父的科场案和父亲之死。从家庭人伦的权力关系来看，鲁迅走向新世界的自由之身也是一种不幸命运的安排，但他从中获得了与命运搏斗的机会和动力，最终成为战胜命运、主宰自身命运的胜出者。

家庭的屈辱、不幸和失败，遭逢历史变局的时代，就这样不期然而然地成为鲁迅迈出博弈人生第一步的第一推动力。

生平简谱

1898 年 5 月，考入南京的江南水师学堂。同年 10 月，改考入江南陆师学堂附设矿务铁路学堂。在矿路学堂期间，读到了严复译述的英国赫胥黎《天演论》。大约同时，还阅读了《巴黎茶花女遗事》等"林译小说"名著。1902 年 1 月，毕业于矿路学堂。当年 3 月，被批准赴日留学。从南京经上海于 4 月 4 日抵达日本横滨，再转去东京。4 月 30 日，入东京弘文学院学习。其间参与筹组、创办了浙江同乡会、《浙江潮》月刊，投身于民族民主革命活动。

1903 年 3 月，剪辫并摄"断发照"。有《自题小像》七绝书于照片背面，赠送友人。年内发表了部分著译作品，如《斯巴达之魂》《中国地质略论》《月界旅行》《地底旅行》等。参加"浙学会",稍后参加"光复会"。

1904年4月,结业于弘文学院。9月,入仙台医学专门学校。1906年,"幻灯事件"引发终于决定"弃医从文"。3月,从仙台医专退学,回到东京倡导文艺运动。6月,学籍列入"东京独逸语协会"设立的德语学校。夏秋间回国与朱安女士正式结婚。

1907年,著译发表作品有《摩罗诗力说》《科学史教篇》《文化偏至论》等。1908年夏,拜师章太炎,听讲文字学。1909年3月、7月,《域外小说集》(与周作人合译)一、二册先后出版。8月,结束留学回国。

文学传述

刚到南京读书时的鲁迅,俗说无非还不外是个"乡下人"吧。一个刚受过传统基础教育的士人家庭青少年,在新知识、大眼界上见解有限。但从一个时代的面向世界、求知新学的文化转型立场上看,他和中国的所有"城里人"大致同时站在了同一条起跑线上。在南京,他有机会读到了严复(1854—1921)译述的赫胥黎阐释进化论的名著《天演论》。就此,一种基于近代科学世界观、价值观的思维方式和思想立场开始了较为明晰和系统的建立过程,科学和人文的启蒙意识成为鲁迅今后人生奋斗的主流导向,现代世界的社会、国家、民族乃至一般意义上的人性发展的文明进步取向,成为鲁迅观察、判断中国问题的参照系乃至坐标系。一言以蔽之,南京成为鲁迅在现代文化意义上的诞生基点。

赫胥黎(1825—1895)是英国博物学家、生物学家,严复译本的

《天演论》英文原名《进化论与伦理学》，是赫胥黎对达尔文（1809—1882）进化论的科普性解读，赫氏本人就是科普作家，书中同时阐述了赫氏对进化论与人类社会关系的看法。特别重要的是，赫胥黎认为不能把生物演化的规律直接搬用到人类社会中，明确反对斯宾塞（1820—1903，英国哲学家、社会学家）的社会达尔文主义观点。但是，严复译述的《天演论》恰恰秉承了斯宾塞社会达尔文主义的思想，将所谓"物竞天择，适者生存"的生物演化规律套用到了人类社会的演化上，可以认为严复《天演论》与赫胥黎《进化论与伦理学》的主导思想根本上就是南辕北辙。不妨说《天演论》实为借用了赫胥黎之名宣传达尔文进化论的斯宾塞思想的严复版。只是社会学意义上的"物竞天择，适者生存""优胜劣败"之类的进化论，却在中国产生了无比巨大的历史作用。客观的历史事实就是，达尔文进化论（科学）支持了斯宾塞社会达尔文主义在中国的广泛、深入的传播，并应和、激发了强烈的民族主义潮流而起到了民族救亡图存、国家富强进步即保种救国的社会政治启蒙作用。一种理论成就了一个时代（晚清民初）的主流价值观和社会共识，这就形同产生、凝聚了整体统一意志的社会动员力量，由此会主导一个长时段内社会发展的方向和方式。这对其中的个人（包括鲁迅）而言，后续作用也许还会更加持久一些，甚至成为思想价值倾向的意识积淀而终生不渝。正因《天演论》的史无前例的强大影响力和时代号召力，康有为（1858—1927）、胡适（1891—1962）等新旧人物都异口同声地高度评价了严复，称誉严复为中国近代引进、译介西学的第一人，胡适还把自己的名字也改成了"适（字适之）"。可谓风云际会，归于一宗，进化论尔。《天演论》发表出版于1897—1898年之际，不久鲁迅考入南京求学，进化论对于鲁迅思想的塑造正是一个天作之合的历史机遇。

如果说严复《天演论》（广而论之是史称的"严译名著"）促进鲁迅建立了与时俱进、顺应时代发展进步潮流的科学观、世界观、价值观（包括历史观和人生观）、政治观（包括反清排满革命的民族民主运动的当代政治），不久后的"林译小说"就是在中国擘划、建立了世界文学的感性图景及系统呈现，由此催生出、造就成了包括鲁迅在内的最早几代新文学作家。在我看来，"林译小说"的最大贡献就是在中国传统文学的形式范畴内，融化了域外文学（世界文学）的审美经验和思想形态，并同时化解了中外文化和意识形态的某种性格冲突和观念分歧，达成了外国文学的中国化，这也就意味着改变了中国文学的生态环境与文化结构，开启了面向世界的中国文学的未来前景。"林译小说"的文化智慧、阐释策略、传播技术，都非常值得后人体会学习。

林纾（字琴南，1852—1924）在历史形象上一向是个守旧派的代表人物，也可说长期被视作政治上的反派、反动人物。主要原因就是他坚持了顽固的反对白话新文学、推崇传统文言文学的价值立场。新文学往往将他当作主要的敌人、敌对符号加以攻击，也就影响到了后世文学史、历史对他的评价和定位。因人废言从来是常态，这使得"林译小说"的无可替代的历史贡献和文学价值也被轻视，甚至湮没了。

"林译小说"始于19—20世纪之交出版的《巴黎茶花女遗事》（原著即法国小仲马的《茶花女》）。林译该书一经出版，就产生了洛阳纸贵的席卷性影响，严复诗赠："可怜一卷茶花女，断尽支那浪子肠。"康有为赞说："译才并世数严林。"后来钱钟书（1910—1998）对林译也有独特、突出的高度评价（《林纾的翻译》）。严译名著与林译小说成为近代历史上并称的著名文化现象，对中国百年前的历史转型发展产生过巨大的思想和文化作用。林氏不识外文，翻译是靠擅长外文的朋友兼助手口译，他自己笔录，同时转成文言小说文体；他一生大概一共翻译出版了170种外国作品，其中不乏经典名著。商务印书馆还冠名专集出版了"林译小说丛书"。可以说在 20 世纪开初的 20 多年里，"林译小说"几乎是夸张地以一己之力将世界文学系统性地引入了中国。世界文学翻译并不始于林译，林译也许也不是世界文学最好的中文翻译作品，但是"林译小说"的影响和贡献则绝对可称前无古人，当世无匹，后人难越。时代的"文化刚需"和林氏个人的条件及偶然，合力造就了"林译小说"的跨文化传播奇迹。正因如此，晚清民初，新文学的几代中国文学家、学者、知识人，有关世界文学的主要的或最重要的知识和审美经验出身，就源自林译小说，至少有着林译的烙印吧。包括鲁迅（周氏兄弟）一度都是林译小说的拥趸，几乎必读新出的每一种林译作品。就这样，反白话并将之贬为"引车卖浆之徒所操之语"的保守派林琴南，实则助孕了新文学启蒙，并最终反噬了自身而成为文言文学的掘墓人。这像是又一次证明了历史发展规律的辩证法。

鲁迅的南京和日本求学前后，正是林译小说方兴未艾之时。远赴日本前、留日期间、返国以后，鲁迅都与二弟周作人（1885—1967）相互寄赠过新出的林译小说。虽然弃医从文后，鲁迅（周氏兄弟）已经尝试了自觉意义上的世界文学翻译，开始了自己的启蒙新文学生涯，但说鲁迅最早主要由"林译小说"而登堂入室世界文学、形成了世界文学的感性和观念的基本雏形，应该是近于事实的并不过分或离谱的判断。

从更大的视野看，鲁迅留日前后的中国思想政治潮流已经从相对温和的维新变革朝向了激进的反清排满革命,富国强兵仍不失其重要性,推翻帝制的民族民主运动蔚然而成政治革命的主潮。世纪之交,章太炎(1869—1936)从维新立场剧变而为排满光复的共和革命领袖,正可见出政治流向的现状和趋势。鲁迅弃医从文后于1908年正式拜入太炎先生门下,虽说听讲的是传统小学,但渊源却在多年前,他早已敬佩章氏乃"有学问的革命家"。鲁迅心仪太炎先生的首先就是后者的"排满革命"言论。故而鲁迅较早就加入了以章太炎、蔡元培(1868—1940)为首领的光复会,也就在思想情理之中。说到底,鲁迅在留日时期已经养成了观察和批判现实的激进思维方式。很多学者早就对此专门挖掘了欧洲思想如尼采、叔本华等对于鲁迅思想特征形成的重要作用,也有溯源至本土传统思想资源如魏晋风骨的精神人格影响等。就鲁迅对于中国的现实关怀而言,大致在留日时期彰显和自觉的"排满"意识,堪为考察鲁迅一生思想聚焦所在的关键之一。鲁迅临终的绝笔之作是未完稿《因太炎先生而想起的二三事》,文章内容就是对于早年留学生活的回忆。其中的思想核心和主旨指向就是"排满革命"。"排满"何以重要如此使得鲁迅临终仍在耿耿于怀?概言之,就是鲁迅用"排满"的革命历史阐述了他对于中国文化人格中的奴性的批判。他认为文化奴性不仅是传统意识的积淀和表现,也是当代思想精神中的顽疾固弊,必须要以启蒙思想革命和政治革命的手段予以清除殆尽,然后中国才有未来的新希望。这和他五四时期"救救孩子"的呼吁一脉相承,和他留日时期推崇的"摩罗"文学精神关联一致,也和章太炎的革命思想脉络有着精神上的贯穿印证。所以,考察、了解鲁迅留日时期的生活和思想,把握其一生中对于"排满"革命的表述,该是一个重大关节。"幻灯事件"终于导致了鲁迅的"弃医从文",被砍头而尤其是围观的看客的麻木不仁的奴性众生相,成为文化革命、思想革命的鲁迅人生转向的催化剂。"精神界战士"的鲁迅在"弃医从文"后诞生了。

政治革命而外，或者说，鲁迅并没有立志成为一个实际的政治革命家，迄今并无确凿材料证明鲁迅加入光复会后的具体"职业革命"作为。他的初衷是科学和人文的思想启蒙，以技术手段和知识路径辅佐、引导意识形态。和晚清民初、五四时期的许多文化知识人一样，鲁迅的文字写作生涯也始于翻译，也可说译述。译介西洋和日本作品成为一个时代的文化和思想风气崇尚的表现方式及特征。作品的内涵阐释则多为科学知识和科学思想的启蒙与普及，科幻作品就成此类大宗。鲁迅就译有《月界旅行》《地底旅行》《造人术》之类，理论性强一点的有《北极探险记》《科学史教篇》等，甚至还有专门的科学知识文章如《说鈤》和《中国地质略论》。文艺、人文性创作内容更突出的作品相比要更多，鲁迅译介的文学作品除了科幻类外，较早的有《斯巴达之魂》和法国作家雨果的《哀尘》，后有英国作家哈葛德和安德鲁·兰格合著的《红星佚史》等，最后还与二弟周作人合作翻译出版了《域外小说集》。鲁迅译述的文艺理论作品最著名的有《摩罗诗力说》《裴彖飞诗论》等，思想文化论作有《人间之历史》《文化偏至论》等。凡此种种，在体现科学和人文启蒙主旨的同时，鲁迅的写作发表显然还有强烈的民族救亡现实动机。因此相紧密联系的是，他对殖民地和被压迫民族的文艺心声也尤为关切，自觉形成了一种独特的世界性视野的文艺价值观。从中可见鲁迅投身时代革命大潮的姿态和方式。这和他晚年参与"左联"活动、与左翼文化文学界的联盟合作一样，都是用文艺和写作的方式体现、表达自己的价值观立场和政治倾向。鲁迅一生处在风云激荡的社会斗争波澜中，但始终都保持了一以贯之的独立思考品质，探索、寻求中国的进步发展道路。他的一生是自觉尝试、实践理想道路的生活示范。他给我们留下的最宝贵的遗产，应该是独立的人格、批判的思想、不断进取的精神意志。

概括起来看鲁迅留日期间及前后的思想要点和文学观，需格外留意几个方面，特别是其中表现出的矛盾（关系）现象。首要是强调到几乎极致的个人主义价值观及在此基础上的人道主义情怀，在"天才""英哲"与"众数""庸众"的尖锐对立中，尤重前者对于社会的责任担当和牺牲奉献。这是一个反传统的启蒙先驱的思想观念和言论姿态，支持了他的社会批判倾向，其底蕴也和进化论有关。这在文艺观念上，则与浪漫主义精神相契合，破除既定规范的束缚，张扬个性的美学趣味；同时又与初兴的现代主义潮流相暗合，质疑传统、强势权力的绝对地位以及对于个体、个人的压迫异化，揭示现状秩序的非人性化，拆解、颠覆主流审美的道德地位，开拓文艺的全面创新创造可能。由此就能理解后来《狂人日记》在思想观念和文体形式方面兼具先锋性、现实感、包容度的多重特点。

可以看出留日时期鲁迅的思想既形成了自己的主流价值导向，又表现出杂糅多元的内涵取向，兼顾并举人文与科学、审美与实用，更侧重张扬文艺审美的精神价值，反对物质文化的独裁与偏至。科学主义当然是启蒙的思想武器，但须升华到精神的高度，而非降落在物质技术的层面。文艺有其实用的功能，但更重要的是文艺的审美功能，文艺的思想内涵有赖于审美功能的表现和释放。这与鲁迅弃医从文用文艺运动救治中国人的精神动机相一致。技术功利不是鲁迅追求的目标和方式，文艺形式的创造才是他的趣味、才情和旨趣所在。鲁迅一生的写作和努力都在倡导社会改良和思想革命，但他最终都落实在文艺创造活动中，包括他的学术工作、文学史撰述等，也都有自觉的价值观体现，如在20世纪20年代中前期完成的《中国小说史略》

中,他的文学评价观念就直接决定了他对于小说流变及历史的具体描述。百川汇流而成大海,鲁迅之能成为千百年变局时代的思想文化大师,留日时代形成的知识格局和思想方式是其最为重要的个人经验基础。时代和社会实践的历练则使其经验、思想、人格获得了锻造与升华。

大凡对一个杰出人物、伟人展开论述,免不了越拔越高。鲁迅堪当世纪文化伟人,但对作为留学生的鲁迅,似乎并无必要刻意、过度解读留日时期的思想深刻性、独创性或系统性吧。用显微镜寻觅捕捉蛛丝马迹,再用放大镜夸张变形微言大义,恐怕是有点儿浪费和消耗了学术智力的遗憾的。常识的判断还是重要的基础。从鲁迅当时的文字里,我们会感受到他主要是从世界文学中获得了心声的共鸣。这种共鸣呼应的是他的人生经验和社会观察。也许,还有他的天性。"文学鲁迅"是同时、甚至先于"鲁迅文学"而成立的。留学生的鲁迅思想更多表现出感性的冲动、混杂、暧昧,连带着审美的情感温度和趣味倾向。他的思想、学术、政治都还没有充分定型。即便怀有政治色彩,也不难看出他与同时代政治革命者的不同姿态。在我提醒自己应该注意限制措辞的程度时,看到文学青年的鲁迅,是有点儿毛毛糙糙的一个理想主义者,也是朴素和本色的,当然更不乏崇高。像极了我最熟悉的1980年代的文学批评家。

与留日生涯直接相关而最能体现鲁迅其时及一生思想复杂性乃至矛盾性的一个案例或现象,可以前文提到过的"排满"来延伸说明一下,也能从中看出政治和文化、革命和启蒙之间的紧密、错综的纠缠。在鲁迅的"排满"思想中,显然有过汉族文化正统的民族意识,尤其在晚清政治形势下,文化统系(孔子道统、文统)和政治统系(满清帝统、政统)的关系是一个必须解决的难题。而后来的现代民族国家的建立则从国家体制上解决了这个根本问题。鲁迅及其同时代人在这个难题上，具体应对的是满清统治下汉族中国的出路、维新或革命后的现代中国融入文明世界的双重挑战，并且同时还须担当抵抗列强压迫侵略的民族主义使命。这就可以切近理解其中的种种思想矛盾表现了。如他临终还在念念不忘年轻时的留日"排满"生涯，可见矛盾情结至深而不得解脱。另像他自己所说，自爱和利他，个人主义和人道主义也是他的一个矛盾，一生纠结其中。但我们从其生平作为可以判断，鲁迅的大势主流执着于现代世界人类文明的进步事业，个人利害不足以改变他的基本价值观立场及实际取向，这在他晚年甘冒政治和生命风险所投身的左翼活动中最见显著。根本上说他是一个清醒的现实主义者，但从他的责任担当和自我牺牲的生平实践来看，我觉得他更像是一个崇高的理想主义者。也就是说，鲁迅是一个有着目标方向信仰的意志坚定的人道主义写作者。留学日本的生活实践，经由知识和文化的吸取，塑造和提炼出的是鲁迅的人格、意志和信仰。日常生活中最使人感动的又是他对于家庭亲人的忍辱负重和事业同道的牺牲奉献。

精神和理想的生活会遭遇到日常凡俗的羁绊。鲁迅也逃不脱家庭的束缚和影响。他的婚姻就还不能自主，他必须遵从"父母之命、媒妁之言"尽一个人子的孝道和责任。即便在日本，旧传统旧家庭的伦理道德仍然笼罩了他的个人生活选择。也许，作为父祖皆亡的家庭长子，且有幼弟还待成年，鲁迅必须屈服、听命于寡母的意志安排。于心不甘也得和母亲（鲁瑞，1858—1943）"以爱的名义赠送的礼物"、一个目不识丁的小脚女子结婚。1906年，弃医从文返回东京后不久，母亲传话让他回国探视。到家后一场旧式婚礼已经布置好了，就等他这个新郎到场扮演自己的角色了。原来传说是母亲听闻鲁迅已经在日本有了妻子,担心不再迎娶家长原已聘定的媳妇(朱安,鲁迅原配妻子,1878—1947),才有意骗回了鲁迅。形同逼迫成婚。还有种种说法显示了鲁迅对未来妻子的诸多不满,比如缠小脚、不识字等,百般推诿拖延了正式结婚。但母命难违,他终于必须要"陪着做一世的牺牲",对于启蒙洗礼后觉悟的男女爱情不再抱以期待。看起来鲁迅做得也很是绝情,成婚后不久,他就带着二弟周作人一起又到日本去了。从此再也没有和妻子同房。鲁迅徒具其表的形式婚姻,不管从哪种意义上说,所有人都属于悲剧的角色。

我从鲁迅婚后返回日本所进行的一系列重要活动中,又倾向于判断:鲁迅婚后迅速返日更加明显地有了一种"逃离"家庭的强烈动机,也许这是一种不易直白明说的潜在动机;同时,他也自觉增强了全身心投入文艺运动的决绝意志和生活准备。可以说在消极和积极两面,"寄意寒星荃不察"的鲁迅都获得了"我以我血荐轩辕"的社会实践和价值实现的推动力。1907年筹办《新生》文艺杂志虽然没能成功,但同年发表的《摩罗诗力说》《文化偏至论》等,成为鲁迅早期最重要的思想著述。1908年得偿凤愿拜师章太炎,成为晚清革命领袖的入室弟子,其中含义非止于学问的师弟授受而已。直到1909年和周作人合作翻译出版了《域外小说集》——从鲁迅的写作生涯来看,他最早也是从翻译开始成为一个职业作家的。由此而言,可以把1906年鲁迅的结婚,视为他日后献身中国社会和文化革命事业的一个在其个人生活史上起到了催化加速作用的关键性契机。如果说弃医从文更多是鲁迅的一种广义社会觉悟后的道路抉择,那么几乎同时的旧式婚姻则是鲁迅私人生活中的一大切身刺激,同样促使他立志将个人的生命价值投入到民族国家事业中。"幻灯事件"和结婚,在一个时间点上,两者都直接产生出了同一种政治后果。可见即便是在完全的个人私域，宏大叙事的时代政治也进入了鲁迅的生活。作为一种对照，1920年代中期他和许广平的结合，更是因为社会政治公共事件的契机而成就了他的个人生活巨变。两次婚姻和家庭的组合，方式和意义截然不同，但都在最大程度上决定性地改变、造就了鲁迅的生活方式和社会实践方式。

包括鲁迅自己在内的一种说法是，1909年鲁迅的回国是迫于家庭的生计原因。不管怎样，我也以为这不是鲁迅合适或愿意回国的时候。两年后清朝灭亡，帝制终结。至少这才是鲁迅可能回国的恰当时机。很多人可能不愿想象回国后最初两年的鲁迅形象：他在日本剪辫明志以示反清革命，但回国后任教谋生，又不能不在头上安装了假辫。毕竟如他自己所说，一个没有辫子的人，在别人看来就不是个正经人，或者就是因为通奸而受到了剪辫惩罚。更严重的是，剪辫蓄发还可能引来杀头之罪，辫子是两百多年前杀了很多汉人的头才种在了中国人的头上。清朝开国后一度"留头不留发，留发不留头"，辫子是满清政治征服和统治汉人中国的象征。排满的鲁迅竟也要戴假辫。这种屈辱怎能不使他满怀郁愤、痛彻心底。当然，民初在国内的鲁迅也并不畅意顺心。他因教育总长蔡元培的看重和邀约得以在政府教育部任职上班，但过的只是灰色无奈的公务职员生涯，毫无生气。那个激扬文字、集会演说、闻听世界即时资讯的青年时代，还有不久前的辛亥革命仿佛一夜间的澎湃激情，短暂而虚假得就像是一个梦，突然间一下子就结束了。还正年轻的鲁迅，突然就变得无比苍老了。真是恍若隔世。

全身心卷入大时代生出的苍凉感，你能体会吗？南京和日本，鲁迅的青年时代，就这样戛然而止。

生平简谱

回国后先在杭州任教。1910 年 7 月，辞教回绍兴，并于 9 月任教。同年开始整理古代小说史料和会稽地方史料。1911 年夏，辞绍兴教职。10 月，辛亥革命爆发。后复职任教。其间创作文言短篇小说《怀旧》，并整理古籍和小说史料等。

1912 年 2 月，辞绍兴教职，接受民国临时政府教育总长蔡元培邀请，赴南京担任教育部职员。5 月初，随临时政府迁往北京。继续在教育部任职。7 月下旬，作哀悼故友范爱农的《哀范君三章》。多年间，公余收集整理古籍、研究古代小说和艺术美术史料，同时从事翻译著述和社会演说活动等。一度大量购读佛典，研究佛教佛学。为母亲六十生辰出资刻印《百喻经》庆寿。1917 年 7 月初，因张勋复辟而脱离部职；当月中旬乱事平定后，回部复职。

文学传述

鲁迅回国最初的两年，似乎并未主要从事新文艺活动和写作。他在杭州、绍兴先后任教，担任生理学、博物学教师授课。这一时期鲁迅最重要的工作应该是收集和整理古代小说史料及家乡的多种史地文化典籍。鲁迅后来的小说研究及《中国小说史略》著述，就奠基于此。他出版过多种始于这一时期工作的古代小说史料文献，还出版了《会稽郡故书杂集》。我曾留意到鲁迅一生整理的古籍文献，大宗当然是小说史料，属于筚路蓝缕的学术开创、自成一宗的标志性历史贡献，另一个突出贡献则是对于前辈乡贤和有关家乡文史的典籍整理，而且多是魏晋时代的乡贤所著，包括《嵇康集》的常年多次校订。

小说研究可称新学术，虽然小说历史很长，但地位向来极低，士人读小说竟然不敢示人，更勿论研究小说了。小说成为严肃正经学问还是始于鲁迅、胡适的首创之功，后来还进了大学课堂，得到了教育体制的保障。比如鲁迅就在北京大学开设了古代小说课程。这是新文化一代先贤的历史大贡献，惠泽至今。

表彰乡贤、整理家乡文史典籍，一般看更近于一种传统士人的文化伦理情怀，而尤其醉心于魏晋乡贤所著，则不能不说是章太炎和时代氛围的特定影响了。晚清民初，章太炎文风及主张明显影响到门下弟子的就是对于魏晋士人风骨和文章的推崇。同时代政治交锋、思想论战、文化宣传的报刊文章文风如著名的梁启超（1873—1929）文章，也应时趋近于魏晋文章风格。梁氏对此就有自供说明。所以魏晋风格之流行并非偶然，实有其历史时代的诱因和鼓动。当其时鲁迅也是得风气而浸润其中、亲力亲为又发扬光大尤为突出的一人。他把魏晋风骨文风、故乡历史文化关怀与崭新的学术兴趣、文化实践、思想寄托陶冶熔铸一炉，奠基、灌注成自己的学术底蕴。这是鲁迅不得不回国后最初两年不期然而开始铸就的个人事业成果。（校稿期间看到丁文新著：《文学空间的重叠与蔓生："百草园"研究》，北京：中国社会科学出版社，2022年。该书就江南文化世家、浙东学术流变、家族文献文脉、周氏家学传承等对周氏兄弟的时空影响脉络细节，考论甚详。传记和创作相结合的文史研究方法拓展、创新了论域。）

"排满"在国家政治上终于获得成功，辛亥革命爆发，临时政府和中华民国成立。从鲁迅在家乡文化教育界的履历判断，他应该是当时主流瞩目的头面得力人物。他先后担任过绍兴府中学堂监学，浙江山会初级师范学堂监督，都是相当于现在学校校长的职务。还担任过

《越铎日报》名誉总编辑,并在其创刊号上发表所撰的《〈越铎〉出世辞》,可见鲁迅在家乡的人望地位。

可是这些不过就是昙花一现,或者说开始不久就被鲁迅看穿了不过是一场新瓶装旧酒的闹剧。革命正未有穷期。热闹中鲁迅感受到的更多是苦闷、失望和凄凉。这种心境后来在《范爱农》里有着清晰而悲伤的反映和表达:还不过仍是一个旧世界啊。犹如《怀旧》的故事视线也是乡间儿童看到的民间社会生活和底层世相实况。种种可怜、窘迫和茫然,痛苦、挣扎和尬笑,一如既往。多的就是无奈啊。同乡前辈、也是革命领袖的蔡元培恰逢其时地救助了鲁迅。在朋友的推荐下,临时政府教育总长蔡元培延揽鲁迅到教育部任职。某种程度上这使鲁迅避免了范爱农的落魄命运。何况鲁迅本就不喜欢在故乡的生活。故乡留给他的多是屈辱、悲愤、失败的经验记忆。辛亥后的新政府治下也是如此而已。那就正好有机会可以走了。鲁迅再次离开了家乡。这次是先到南京临时政府所在地办公,随后跟随政府机关迁往了北京。就在他过上灰色公务员生涯后不久,好友范爱农(1883—1912)在家乡沉湖身亡。怜人而自怜,悲乎哉。

在北京继续收集整理古籍,成果渐成规模。一度还痴迷于研读佛典。好友许寿裳(1883—1948)回忆说,鲁迅曾有感叹:释迦牟尼真是大哲,很多人生的难题早就被他说清解决了。鲁迅作品中有很多佛家语,恐怕就是这一时期留下的最初烙印吧。也许鲁迅是想在佛典里找到应对现世困窘的精神之策。中国人的人生穷途中,走向佛老出世暂避也是常态,或者说是一种人生的拯救智慧和向死而生之路。在文化形态和其中人物的心态上,向佛并不少见或奇怪。中国文化在此已经形成了历史传统的暗示和引导。对于鲁迅的陷身佛典缘由,如果没有确凿的说明依据支持,实在也就不必再做过度阐释(猜想)了。而从他为母亲做寿刻印佛经来看,也是祈福的常规做法,但确证了鲁迅毕竟是个体恤的孝子。明面上他后来的非孝、反孝文字给人的印象最为深刻,比如《二十四孝图》之类。由此可见人真是最复杂的生物。他有不易、不宜为人所知、所道的情感和心理的隐私秘密。

依然如故的兴趣和事业还有翻译。大致上看,这一时期鲁迅的翻译重心在社会教育、美育理论、儿童教育几个方面。直到今天在这些领域内做学术历史考察,还都得溯源到鲁迅及同辈文化先驱百多年前的开拓性贡献。当然,鲁迅的译介活动和他的教育部职务工作也有着直接关联,并不能完全视作个人行为。鲁迅在教育部的任职部门是社会教育司,社会教育、儿童教育之类,正是职务关系的工作范围。后来鲁迅又被任命为通俗教育研究会小说股主任,这也与他的原先公务和个人兴趣完全合拍。某种程度上我倾向于认为,鲁迅在教育部的职务工作直接助力、推进了他的中国小说史研究,也直接影响到了他的早期(民初)翻译方向和领域。建立一种统观多面的视野,有助于准确、全面地理解和判断鲁迅的文化作为、个人行为的多种可能动因,趋近于知人论世的目标。

广而论之,鲁迅对于古代艺术史料(如金石拓本)的收集,也当作如是观。专门提出这一点,是因为直到鲁迅晚年,甚至去世当年,他仍保持了当年在教育部的收集古代艺术拓片、拓本的爱好和兴趣。鲁迅有着广阔的文艺才能和眼光,他的一生也在多个艺术方向上做出了贡献。甚至,可以认为鲁迅是个兼具古典性和先锋性的艺术家。从艺术理论眼光看,鲁迅是可以被看作艺术家、艺术设计师和艺术理论家的。这也已经是可以作为专题进行研究详论的了。

总之,即便是一种人生阶段的蛰伏,鲁迅回国以后更像是进入了一个命运磨砺的考验期和"何以自处"的自我调适期。这是个乱世。

没有直接参与国家世变核心政治的鲁迅,不得不被动地经受"易代"和变局引发的冲击与伤害。

生平简谱

从 1918 年 5 月开始,《狂人日记》等新文学作品陆续发表于《新青年》。当年参加《新青年》编辑工作。1919 年 12 月,返绍兴迁家到北京。1920 年夏,先后被聘为北京大学、北京高等师范学校教师。1921 年 12 月初,《阿 Q 正传》开始在北京《晨报副刊》连载,次年 2 月初载毕。1922 年 12 月初,编定《呐喊》,次年 8 月出版。几年里连续发表、出版了多种文学译作。

文学传述

蛰伏中的鲁迅一直警醒着,甚至比醒着的人都还清醒,否则就不会有不久后"铁屋子"的形象比喻。但从表象上看,他终于也是被新文化新文学运动的时代巨浪所推动、所席卷而行动起来的。如离弦之箭,《狂人日记》首先穿透了中国文化知识界的视线。《狂人日记》是鲁迅和鲁迅文学、中国新文学诞生的一部主要标志性作品。在一般和典型意义上,都可以把《狂人日记》看作是鲁迅全部写作的一个缩影或样本。我看它最明显的是两个特征,一是宏观层面上历史观和价值观的彻底批判与颠覆,人生观和世界观的全面开拓与创新;二是小说写作技术所体现和示范出的文学文体的跨越性创新创造。

鲁迅自己说这部作品的主题是揭露家族制度的罪恶,具有反礼教的宗旨。从思想上说,个人的独立和本位价值,个性的自由解放,人道主义的观念，是该小说的正面价值立场。而其批判的对象则是传统宗法礼教对于个人和人的价值的束缚与压制，"吃人"的历史就是作者对中国文化传统的一种负面概括。在人的价值观的启蒙背后，同时蕴含着民族救亡的宏大主题叙事动机。所以这部作品的创作意图，小而言之是以批判的方式建立起一种对于个人、中华民族的救亡复兴的民族和文化的政治诉求观念，大而言之则是建立一种普遍意义上的现代人道思想和基于进化论的人性发展观念。这也是鲁迅经过世界现代文明洗礼形成的主流世界观和价值观。

如果把这部作品视为鲁迅个人情怀和主体反思的内倾化精神生活的表现，那么它又可以被看作是鲁迅自我批判和重建主体价值地位的一份自白书或忏悔录。他承担了"吃人"历史的责任和原罪，同时也就开启了新的文化人格的重建。这种主体反思以自我否定为前行动力，进而确立主体意义和自我价值的深刻自觉与人格自信，内在于、贯穿了鲁迅一生的思想和实践的始终，在1930年代的鲁迅晚年犹可明显看到。可以说《狂人日记》一经出现就历史性地奠定了其启蒙文学开山之作的最高标杆地位，并在主题的深刻性和丰富性方面成为一种历久弥新的人文经典，可以在多种层面和方向上认识、开拓其思想旨趣。无怪百多年来一直都是中国现代文学研究的典范性案例。

从小说形式和技术的文体形态方面看，《狂人日记》的美学创新性同样具有划时代性。小说的现实涵义和指向应该说是非常清晰的，但小说的文体及具体技术手法在当时却是相当地陌生。不仅与中国传统小说判若云泥，而且与一般所谓的写实或浪漫小说的新写法也迥然异趣。只要比较一下新文学最早的两位小说大家鲁迅和郁达夫的小说，就能看出同样是现代小说的文体和艺术修辞差别。《狂人日记》有着我们后来才熟悉的概言之现代主义、甚至后现代范畴的艺术美学特征。

从比较文学和世界文学的影响角度看，鲁迅的文学出身无疑有着域外因素的复杂影响，也有学者将《狂人日记》与俄国、日本作家的文学进行直接的影响关系研究。这些无妨都可说是事实，或可能。但对鲁迅和中国新文学而言，我以为最重要的是《狂人日记》的现代文学品质及所开创的现代文学传统。小说形式的全面创新，将小说的整体艺术修辞写法以一种极致、极端的方式完整而圆满地呈现出来，完成了一部可供有效阅读和广泛传播、能够实现其文学价值功能的成熟作品形态，这是《狂人日记》同时代中国各体文学都没能达到的历史高度。在此意义上，文学的创新性和文学的成熟度因为有了《狂人日记》的兼具体现，才使得中国新文学在其发轫之初就有了典范性的作品。这也才是《狂人日记》划时代意义和价值的核心所在。稍后郁达夫的小说《沉沦》当然固有其新颖独特的文体价值，虽然其文体结构和叙述逻辑的随意性、不成熟性问题同样明显，但主要还是因性意识、性观念、性描写的大尺度"冒犯"和挑战表现姿态而惊世骇俗。因此，很多时候只是简单地说《狂人日记》开创了中国新文学的现实主义传统，或笼统地将之主要归为传统的现实主义文学范畴等这类评价，可能还是狭隘地理解了现实主义的广阔性，其实是低估了《狂人日记》的美学品质和价值内涵。《狂人日记》有着超时代、跨越性的文学丰富性，需要我们的阐释眼光包括对于现实主义理论及其经验性的把握有更多的拓展性和包容性。

　　从技术、技巧层面看，《狂人日记》的象征、隐喻手法构成了小说的整体性和结构性特征，可以说它是一部典型的象征主义的小说。从其具体叙事方式看，主要是主人公的一种精神病态（被迫害狂）的梦呓和独白，这有着心理小说和意识流的修辞手法特征；作品全篇的段落关系设计也恰如其分地体现出了时断时续精神梦呓的特殊心理活动状态。主人公（我）的幻觉、荒诞叙事"日记"及其对于历史的"吃人"判断认知和"非理性"主观臆想，实则充满了价值批判的理性立场和文化隐喻。"我"与周边人物、环境的格格不入，甚至成为"吃"与"被吃"的迫害、戕害关系，对此的表现方式、形诸笔墨行文的是着力于突出"我"的精神、性格、言语和行为的全面"异化"的细节。这种"异化"人物类型或形象特征，正是现代主义文学人物的一种典型共性。形式上开门见山最明显的是它的拼接修辞技巧，将文言和白话叙事自然完美连贯地构成了小说的一种结构形式，并产生出叙事的艺术真实性效果。这既无妨于将其理解为一种书面文学语言表现上的戏剧性关系，还与后现代美学无形间有了贯通和呼应。文白区分的美学意义还在于，文言和白话体现的不只是书面语的雅俗文化传统或作品形式结构组织的技术区分，还有其内在的含义——文言的传统小说叙事风格和白话的现代小说叙事风格形成了一种叙事方式、文体内部的力量对峙，并以小说的整体性构成产生了白话胜于文言、白话超越文言的"白话文学"革命价值观。这与小说的思想性立场和宗旨正相一致。

概言之，《狂人日记》是基于中国传统素材、现实经验而用现代文学观念及其形式技巧，表现思想批判和价值重建动机的小说艺术创新之作。相比之下，抽象的观念或许并不需要特别关注，艺术创新的品质才是小说最首要的价值所在。正是《狂人日记》的艺术形式使得中国新文学和现代小说的诞生得到了价值内涵（启蒙思想）灌注和体现的文体技术保障。

鲁迅的全部写作可以说是在"铁屋"里呐喊的启蒙文学。但这并不局限于思想观念层面和观念形态，审美创新也是其重要、主要的一面。《狂人日记》只是鲁迅代表的中国现代文学思想主流及基本价值观的一个案例。从现代科学和人文、个人的价值觉醒意义上看,《狂人日记》是思想启蒙者的文学,它代表了一个时代的思想观念高度。从主体意识的自我追问、历史责任的担当来说,它是一个自省者、忏悔者、赎罪者也是牺牲者的文学,体现的是一种精神内倾的深度。从人道情怀、对人的终极信仰来说,它是悲悯者和理想主义者的文学,体现的是生命价值关怀的历史和现实的广度。从文学审美的艺术形式创造来说,《狂人日记》是中国现代白话文学的拓荒者、创新者和示范性写作者的文学,体现的是古典审美规范和文学传统的现代创造性转换,意味着中国现代文学自觉融汇、参与了世界文学的价值创造共同体,中国文学从此成为现代审美观念表达的一种独特语言形式。理解鲁迅就从理解《狂人日记》的价值创新体现开始;理解了《狂人日记》也就大致能够理解鲁迅的人生及其写作的杰出贡献性。

在鲁迅的小说中,"狂人"形象非止一篇一人。相比于其他人物形象,"狂人"显然有着更加明显的观念和符号的功能与特征,这也是小说具有现代主义美学内涵的一种突出表现,有别于一般日常生活环境中的人物形象创造;人物的性格变化细节和逻辑过程之类,往往并不会是"狂人"形象着力的重点。作为观念和符号的"狂人"所要表现的是意义,是直击思想理性和审美直观经验的意义表达,而非要靠情节的生动性和人物的可信度来作为作品的主要支撑。例如比较一下《狂人日记》和《阿Q正传》两篇及"狂人"与"阿Q"的异同,对于鲁迅或两类小说的主要美学区分及写作动机与旨趣重心,应该就会有丰富的感性把握和相对准确的理性判断了。但这并不意味着现实主义的典型环境与典型人物的创造原则不适用于《狂人日记》的分析和评价。我想说的重点恰恰是,《狂人日记》《阿Q正传》代表了现实主义文学及其价值取向的两种实践和实现的路径。《狂人日记》是先觉者、启蒙者的呐喊,全力张扬着文化革命的气概;《阿Q正传》则是鲁迅对于一般中国人精神形象和气质表现的一种典型创造,充满了内心幽愤忧伤而表达冷嘲刻骨的沉郁悲凉情怀。后者也许就是对《狂人日记》主题的一种自觉、延伸的回应。《狂人日记》写作于五四社会政治运动高潮期前夕,《阿Q正传》已是新文化启蒙运动的落潮期了。我觉得某种程度上,狭义的鲁迅文学(小说)启蒙创作始于《狂人日记》,而终结于《阿Q正传》。鲁迅一生首先作为"狂人"而自许自励,否则早期写不出《摩罗诗力说》这样的文章,终而与"阿Q"缠斗不已,并不惜以自身的牺牲为代价拯救阿Q和试图埋葬阿Q的文化和社会;否则也不会写出诸如《野草》《故事新编》这样的作品,更勿论其他了。虽然这也许不过是一个不断遭遇挫折和失败的过程,但鲁迅的"狂人"一生并没有性质上和方向性的改变。"中间物"意识连缀也建立起了鲁迅的生命实践意义和价值认知。《狂人日记》之于鲁迅的重要意义正还在此乃作者个人的人生象征,《阿Q正传》当然也就绝不是鲁迅的幻灭。如坠深渊、向死而生的挣扎,也是一种朝向未来的行动。

  文学文体的创新也不仅在于现代小说,鲁迅后续很快又写出、发表了《孔乙己》《药》等收入《呐喊》集中的小说。译作和杂文的写作数量在五四前后到20世纪20年代初同样非常突出,同时还有新诗和其他作品类型。比如这一时期著名的重要译作有尼采(1844—1900)的《察拉图斯忒拉的序言》《爱罗先珂童话集》(合译)和爱罗先珂(1890—1952)的童话剧《桃色的云》,阿尔志跋绥夫(1878—1927)的《工人绥惠略夫》《现代小说译丛》(合译),武者小路实笃(1885—1976)的《一个青年的梦》《现代日本小说集》(合译)等,有些也是周氏兄弟合作的产物。著名的杂文、文章有《我们现在怎样做父亲》《估〈学衡〉》《反对'含泪'的批评家》和《〈呐喊〉自序》等。特别是，鲁迅还在《新青年》《每周评论》等报刊上发表了不少短制杂感文章，这可以看出他后来作为杂文家的一生写作事业。在文学史上，杂文因此成为一种崭新文体而占据一席——不仅因其表达的思想和现实的内涵，也是因为杂文在鲁迅的写作实践中创新、形成和积淀了它的文体经验美感及独特审美价值。最终促成当代的杂文研究基本形成了相对成熟的专业理论化。鲁迅也写新诗，和《狂人日记》同期发表在《新青年》上的就有他的新诗。稍后还有《野草》《朝花夕拾》等集中个别作品的前身——《自言自语》多篇连续发表。显然，散文诗的文体开创也始于鲁迅的早期创作。由此可见，鲁迅并不仅是作为单一的小说家、而是以一个多文体创作和写作的启蒙文学家、新文学翻译家的身份登上中国现代文坛，确立了自己的社会角色、文化形象。较之于"弃医从文"时期和北京早期的"蛰伏"生活，五四前后的鲁迅进一步创立、明确和校准了自己一生的事业方向与目标。

黑暗"铁屋"里呐喊的文学新创和多文体写作，成为鲁迅新文学作家的思想和身份的标识，他正式登上了广阔的中国历史舞台。《狂人日记》发表后的鲁迅作品，和他此前的所有写作、包括日本时期的那些后来被认为是他一生最重要的早期作品，进入的是完全不同的社会价值视阈。现代传播使"狂人"（连同紧跟着的孔乙己，尤其是阿Q，甚至闰土、祥林嫂等）成为社会意识和观念表达的共识形象符号。除了专业和职业身份外，鲁迅应该还拥有了日后所谓公共知识分子的实际地位及影响力。

生平简谱

1923年7月，周氏兄弟关系破裂。鲁迅受聘为北京女子高等师范学校教师,讲授中国小说史等课。12月,讲义《中国小说史略》上册出版。1924年6月,《中国小说史略》下册出版。(次年9月,上下册合为一册出版。)9月,开始写作后来集为《野草》的散文诗。同时前后,创作《彷徨》集中多篇小说。

文学传述

变化来得太突然,根本来不及正常理解。而且,确实也就成了一个悬案。案底迄今不明,也不可能明了。1923年7月14日,鲁迅日记:"是夜始改在自室吃饭,自具一肴,此可记也。"当时鲁迅与母亲、妻子朱安,还有周作人夫妇一家,都住在北京八道湾,原本的日常生活包括吃饭等,应该都是大家族成员在一起的。多年来周家的北京生活算得上是聚族而居了。对外则周氏兄弟的社会形象和日常交游也大幅重叠或相关。但从当天的日记看,鲁迅第一次改在自己房间独自吃饭了,连菜品都是自己单独准备的,"此可记也"四字,更强化了这种状况的特殊情感色彩及其强烈程度。之所以如此,就是周氏兄弟之间情感破裂,反目成仇了。二弟周作人对大哥周树人(鲁迅)产生了明显敌意的破坏性冲突。这种不顾老母在堂同居的家族生活中的公开分裂,可以想见其冲突的激烈对立实在已经到了不可调和的程度。从传统家族伦理上看,兄弟之间的这种分裂也近于或含有道德意味了。说起来,周家几代都发生过道德上的"至暗事件",即从科场案算起的话。当然,从迄今的所有材料看,我们并不确知两兄弟和周氏家族内部到底发生了什么具体的事;没有一手的直接材料证据,所有传言都是猜测,无非八卦谈资而已。包括亲近者的转述,也并非客观真实,多带有主观色彩或时代(政治)因素,不足以采为信史信据佐证资料。

倒是鲁迅日记所记文字，似隐隐透出委屈辩白之情。

过了几天，当月 19 日，鲁迅日记又见后续："上午启孟自持信来，后邀欲问之，不至。"启孟即周作人。周作人这是亲自来递交正式绝交信的。鲁迅看后还想邀约作人见面询问沟通原委，但作人显然已经不想再和大哥见面说话了。从这短短的记载里，我们似乎能感觉到兄弟失和的双方当事人都把自己当作了"受害人"。也许，这一切真的是误会呢！遗憾了，可惜了，可叹啊！

顺便就看下周作人的绝交信，全文如下："鲁迅先生：我昨天才知道，——但过去的事不必说了。我不是基督徒，却幸而尚能担受得起，也不想责谁，——大家都是可怜的人间。我以前的蔷薇的梦原来都是虚幻，现在所见的或者才是真的人生。我想订正我的思想，重新入新的生活。以后请不要再到后边院子里来，没有别的话。愿你安心，自重。七月十八日，作人。"不少学者都分析过这封信的含义，甚至解读过每句话的暗含之意、言外之意，难免也掺入了一点猜测。不管怎样，两兄弟已无缓和可能。对当事人来说，一定有不可原谅的具体事情发生，并且怨怼怨结之深已不再可恕可解。不过从此后各自的经历和言行看，虽然他们再无直接交集，似乎也并没有成为公然的寇雠，彼此少有罔顾脸面的攻击或诽谤，没有因此发生长久影响到各自社会形象的不堪丑闻。周作人的"落水"、对鲁迅的私下非议等，也是在鲁迅去世后多年了，两不相干。

再过几天，鲁迅日记 26 日记："上午往砖塔胡同看屋。下午收拾书籍入箱。"此后有连续看房、收拾行李的记载，鲁迅这是在另觅房子决定搬家迁走自住了。8 月 2 日："下午携妇迁居砖塔胡同六十一号。"这是找到新居了。"携妇迁居"，朱安当然应该跟着自家大先生同住生活的了。鲁迅记载中有关两兄弟间最激烈的一次直接肢体冲突，是在次年（1924年）6月11日。鲁迅日记："下午往八道湾宅取书及什器，比进西厢，启孟及其妻突出骂詈殴打，又以电话招……来，其妻向之述我罪状，多秽语，凡捏造未圆处，则启孟救正之，然终取书、器而出。"场面竟是如此不堪。鲁迅日记的记述还是简略的，实况现场恐怕要比文字更为难堪吧。兄弟关系糟到如此程度，且有家人女眷（周作人妻子羽太信子）直接卷入撕破了脸面，要说他们之间的关系因此决裂也就是最轻描淡写的一种措辞了。这对兄弟各自的打击当然都是非常巨大的。相比也许鲁迅受伤及后果要更为严重吧。因为他只能是一人独自担当，作人尚有家人慰藉维护；过后是鲁迅迁居离开，作人一家安住未动。双方的经济损失显然也是鲁迅更大。待鲁迅觅屋迁居后不久，母亲也随之搬来同住了。所谓知子莫若母，母亲的选择其实也是对子女的一种评价态度和感情权衡。

兄弟决裂后一段时期，鲁迅四处看房酌定合适的居处。忧愤劳累终至于病倒了。而且这一病就是半年，到次年开春才渐愈。鲁迅晚年曾向母亲写信报告过这次的发病。应该不只是生病而已，人伦破裂、情感受创的伤害刺激更加强烈吧。真是大人物也不免于凡人俗家的不堪烂事啊。

兄弟家事如此"狗血"，鲁迅的新文化事业仍有重要拓展和标志性建树。以《中国小说史略》为标志的学者鲁迅形象确立于1920年代前半期。这也是新文化新学术的最早期划时代标志。鲁迅的中国小说（史）研究早在辛亥革命前就开始了。在教育部工作期间，相关研究渐成规模。可以说新文化新文学的时代大势赋予了在传统学术眼光里一向边缘化、不入流的小说（研究）以主流和正统地位，也建立了大学教育制度上的合法性保障。小说研究已无观念和制度等级上的障碍，反而获得了一种新学术的时尚显学资质。鲁迅、胡适、郑振铎等以小说、俗文学研究名家的大师学者成为现代学术的典范人物。

1920年,鲁迅先后受聘担任北京大学等校教师。1923年,又受聘担任北京女子高等师范学校、北京世界语专门学校教职,主讲课程包括了中国小说史。课程讲义结集陆续出版,合为专著《中国小说史略》。1924年,还去西安做夏季讲学,在西北大学连续讲授《中国小说的历史的变迁》。简单地说,在大学执教前,鲁迅主要还在收集整理小说文献史料,任教后才开始了小说研究讲义和学术专著的撰述。鲁迅的《中国小说史略》及其相关研究的实施与成果形态,是和现代大学制度直接相关的。某种程度上,大学制度恐怕还起到了决定性的学术催生作用。从中可以约略体会到现代学术生产与现代大学教育的机制性、结构性的关联。只是对于鲁迅而言,大学任教促使他获得了一个珠联璧合的契机,得以加速完成了从个人兴趣、专门史料到研究专著的学术呈现过程。于是,不仅诞生了中国第一部小说史著作,而且也奠定了鲁迅自新文化以来现代学术宗师的历史地位。

小说虽然历史悠久,但地位向来极其低下。古代所谓道听途说、街谈巷议之类,后世也多视为游戏消遣,甚至诲淫诲盗之作,从不被视作正经文体或文化事业。虽有些许可观,但"君子弗为",更遑论作为主流正统文化的学术研究对象了。可以说,只有到了新文化、"白话文学革命"的时代,小说的名声和价值才有了"咸鱼翻身"的历史颠覆机会。先有梁启超的"小说界革命"论,后有胡适的"白话文学正宗说",还有鲁迅的现代小说创作,这才终于奠定了小说的现代价值地位,也赋予了包括古代小说在内的俗文学以学术研究品质及价值身份,甚至还一度代表、占据了现代文学学术研究的前沿领域。小说的风骚风流迄今未衰。较之古代小说的大约两千年屈辱史,小说获得合法的文化身份和道德荣誉的时间仅百余年而已。就此可见鲁迅《中国小说史略》的巨大历史功绩。

作为通史专著的开山之作,《中国小说史略》(以下简称为《史略》)体大思精,此前学者所论甚详。以我的浅见,要而言之,可以举出两点体会略加一说。一是新观念,一是新规范,二者合成新学术。

新观念主要是指贯穿全书的新视野和新方法。启蒙主义的世界观、价值观自不待言,现代科学思维的学术规范和历史研究方法论同样贯穿始终。《史略》有着鲜明的学术逻辑和结构方式,时代变迁和社会风尚、小说文体和审美趣味、典范作品价值和历史评价定位,成为小说史内含的主导观念和撰述逻辑。述史论史、臧否褒贬,无不循此观念方法,史著整体逻辑贯穿一致,学术特征鲜明而成熟。就其学术目标和文化诉求而言,《史略》之撰不止于抬高或为小说的历史地位正名,而是在一般文化学术意义上建立了小说的独特价值地位。进而由此确立了关于小说研究的一种常态学术观念。在学术方法示范上,一方面开拓了现代小说研究的新路径,另一方面也更新了文学和学术研究的视野广度。鲁迅早在《古小说钩沉·序》(1912,周作人署名发表)中就指出,小说"录自里巷,为国人所白心;出于造作,则思士之结想。心行曼衍,自生此品","所以观风俗知得失"。这是从社会心理风尚、艺术想象创造,乃至政治观察管治方面,拓新、提升了小说的意义广度和价值功能。《史略》的观念和方法说明了小说和一般学术实含有宏观面向的多领域、多学科考察与研究的价值,并非仅限于纯学术或专业维度的单向发展。

新规范主要是指《史略》的具体技术手段支撑了全书的整体性学术成立。首先是文献史料的翔实,用传统史学之法整理统摄小说文献,在方法手段上建立起了小说研究的学术基础和正统学术形态。鲁迅曾回顾自述,"昔尝治理小说,于其史实,有所钩稽","皆摭自本书,未尝转贩"云云(《小说旧闻钞·序言》,1926)。这其实也是科学研究观念在人文历史研究上的一种规范性技术落实。从时代眼光看,约略可以见出一点"科学"压倒"玄学"的潮流兴替意味。也和"疑古派"史学的精神相应和——只更加突出了纪实述史、释古见义的正面价值旨趣。《史略》的撰述宗旨和行文方式当然主要是建设性的,技术手段也主要在正面和积极面上落实使用。有时甚至一般的学术辨伪都不一定需要专门关注或展开。确凿、系统的正面史料支撑了这部史著的体例及逻辑的成立。

从行文表述上看,最突出的便是鲁迅对于具体作品的史论方式:据史立论,史论结合;既为史论,也是批评。且言简意赅,辞约义丰。鲁迅自序说,中国小说自来无史,文学史中所见小说也多不详。自谦《史略》也只是粗略的专史,为上课讲义所撰,疏其大要,缩为文言,省其举例以成要略。由此可见,小说信史的体例创建乃为鲁迅《史略》宗旨目标。这也是他早年倾心全力收集、考据小说文献史料的初心。同时也很明显,相比于史实的叙述,史论无疑是学术治理的走向和归宿。史论最后落实了史家的才学识三者的融通高度和史学水平。否则便为资料长编而已,谈不上、也辜负了"省其举例以成要略"的策略用心。鲁迅后来还说,《史略》出版后,小说史研究趋于兴盛,"此种要略,早成陈言",但"别无新书","大率仍为旧文"的《史略》仍将重印再版(《中国小说史略·题记》,1930)。后人新著小说史,在文献资料上超越乃至覆盖鲁迅的《史略》,并不意外,还为必然。但《史略》的价值犹在。就在作者的眼光、方法、见解,或者说就是鲁迅的学术思想高度在史论中的在在具体体现。我印象最深刻的就是,鲁迅对于每一时代、朝代的小说、文学之变,多与政治社会、文化变迁相关联,揭示其中的内在逻辑关系,深刻触及意识形态和制度层面的权力制约影响作用;对于每一部作品、每一个作家的评价,总要见出它/他在小说史上的独具特色贡献,并对之进行审美性分析。因此,史论的宏观性和批评的具体性多在《史略》中融会贯通,生趣盎然。将文学史论提领作品批评的美学分析,又把作品解读作为文学史论的支持例证,《史略》成为史家和文学家的鲁迅凝练个人眼光和趣味的学术史著与文学批评论。重复一下,就其立论的学术胆识而言,鲁迅甚至超过了后世小说史家。这尤其体现在对于一般共识认同的所谓小说经典名著的品评和评价上。比如,读者可以比照一下后世学者与鲁迅评价"四大名著"之类的不同态度和评价定位。

鲁迅是深谙小说之道、小说创作名家的小说史家、文学史家,又是启蒙时代的学术文化宗师大家,他的思想固然是我们应该学习承传的深广丰厚遗产,他的专业贡献如小说史研究同样应该是我们后来学术的揣摩领会楷模。鲁迅的丰富性需要我们与时俱进在不同层次、不同方面阐释其中的价值内涵,使之成为我们当下的文化发展资源。

就在鲁迅讲授、撰述小说史的几乎同时期,他的写作生涯、作品形态及思想表达方式产生了明显的变化。写作者鲁迅的多面性、丰富性、复杂性变得越来越现实了。约略来看,最显著的是文学创作别开生面,另成一种精神风景。特别是内倾自省的色彩最为彰显。小说从《呐喊》走向了《彷徨》,心理情绪的格调由高亢而转入了抑郁,启蒙激情的支撑难以为继,颓败塌陷的受挫感弥漫于小说的叙事空间。甚至晦涩难解、阴郁黑暗的散文诗《野草》,也始于这一时期。此时此刻,更是非常适合翻译日本厨川白村(1880—1923)《苦闷的象征》的心境。鲁迅从未松懈过一个译者的敏锐和责任,还有趣味。或者,回到过去，再与古人交谈。他依然倾心于校勘《嵇康集》——魏晋竹林的回声穿透了鲁迅的心胸，他应该又会想起日本时期拜师太炎先生的感受。只是时过境迁，今非昔比，再也不能奢望登高一呼、应者云集的"狂人"梦了。"两间余一卒，荷戟独彷徨。"抑郁而生激愤，沉默孕育爆发。"绝望的抗战"催生出了凌厉的斗志。于是，杂文就露出了格外尖锐的面目。而且，不惮于投入短兵相接的现实对垒。1920 年代中期的鲁迅在现实生活和写作两面都陷入了一种白刃战的状态。他进入了一个人生动荡期，也是一个人生岔路口——需要再次确定一个前行的明确方向了。也许，需要出现一个拯救的契机；也许，需要爱情成为他的救星。

"兄弟决裂"是个隐喻或象征吧。鲁迅再次陷落谷底，也注定了他将再次一飞冲天。只是需要调整飞越冲击的姿态和方向。现在，哪怕还是一种生命中的断裂伤口，鲁迅缺少的也并不是自持自信的力量。

生平简谱

1925 年中，支持北京女子师范大学学潮，反对校长杨荫榆，并和陈西滢等现代评论派论争笔战。8 月中旬，被教育总长章士钊免除教育部职。随即向政府平政院状告章士钊非法免职。10 月，与许广平确定爱情关系。11 月，《热风》出版。年底，编定《华盖集》，次年 6 月出版。

1926 年 1 月中旬，控告章士钊获得胜诉。教育部撤销了此前对周树人（鲁迅）的免职处分，令回部复职。2 月下旬，开始写作后集为《朝花夕拾》的散文作品。3 月爆发"三一八"惨案。3 月下旬至 5 月初，因防迫害不测，离家避难于多家外国医院等。7 月底，受聘于厦门大学。8月下旬，偕许广平同车离京，赴厦门，许往广州。当月，《彷徨》出版。9月初，抵厦门。10月，编定《华盖集续编》《坟》，均于次年出版。11月中旬，收到中山大学聘书。年底，正式向厦门大学辞职。

1927年1月中旬，离夏抵粤，就职中山大学。4月中旬，广州发生"四一五"事变，多名中大学生被捕。鲁迅参与救援而无效。4月、5月间，多次向中山大学提出辞职。4月下旬，编定《野草》，7月出版。5月初，编定《朝花夕拾》，次年9月出版。6月上旬，辞职获允。9月27日，偕许广平离粤赴沪。10月3日抵沪。两人正式开始同居生活。

文学传述

中国自有现代大学起，就有了学潮。现代大学史就伴随着学潮史。学潮甚至在中等教育学校也有间断发生。这在民国时期可谓普遍性的常态。鲁迅留日回国最早在杭绍执教期间，校内也就发生过学潮。北京生活以后，学潮更是家常便饭，但如北京女子师范大学学潮这般规模反响的，后来还酿成了伤亡血案，毕竟是少见的极端个案，往前看也就是五四运动了——大学生是五四运动主力，学潮是五四运动最早的社会化主要表现。

现代大学的学潮发生各有具体原因，宏观上说也总有时代和社会因素深刻影响或直接介入其中。包括党派、政党、利益群体、个人动机等，都有可能引发或操纵学潮。学潮中人包括校方、教师或学生，甚至政府管理部门如教育部，很多对于学潮内外表里的背景和势力并不清晰自知。学潮的表面或直接目标与背后势力的真实目的也许并不相同，或也有着曲折的联系。学潮的走向和结局很难肯定预计。概言之，现代学潮的政治内涵并不很明朗，甚至黑幕重重，角逐博弈势力太过复杂乃至强大，很不容易从表面就能一眼看透和准确判断。换句话说得不妨直白些，对于学潮其实很难会有是非黑白的明确公认。关于北京女子师范大学学潮的真相显然同样如此。好在这里只谈和鲁迅相关的一些事。

北京女子师范大学的学潮把鲁迅卷入了漩涡，也开启了他后半生的新生活。因为学潮，鲁迅公然站在了权力当局的对立面，因此被顶头上司和段祺瑞政府处分免职，他的罪名是"结合党徒，附和女生，倡设校务维持会，充任委员"等。鲁迅也不屈服不买账，决意诉讼应对，控诉长官行政违法。时局变幻莫测，政府走马灯换届。鲁迅这场诉讼在次年（1926年）1月、4月最终胜诉并获复职。这场官司和学潮也再次累倒了鲁迅，（1925年）9月肺病复发，曲折过年始愈。而北京的政治环境显然也越来越不利于鲁迅了，他毕竟仍在政府机构担任公职谋生，实际却越来越像是一个专跟政府唱反调的"公知"异见领袖了。

在杨荫榆（1884—1938）教授接长北京女师大前，校长是鲁迅的老朋友许寿裳（1883—1948）。但在许校长任期里，学潮已经爆发，许在女师大并不受学生欢迎。不得已离任时，还以为女校最好由女校长担任，故而推荐了杨荫榆续任校长。杨上任初也颇得人心，被寄望于改良校务、光大女师大传统走向未来更好发展。一般学界看法以为杨女士也是女师大校长的不二首选。她先后留学，出身日、美大学高等教育，且是教育学专业硕士，还有学校任职经历，按说资历、水平、人望都无可挑剔，接长女校该会很顺利的吧。可是，她上任后非但未能平息以往学潮余波，反而因强势手段而激起更大风潮。不仅校内接续大乱，师生愈加分裂，而且将政府和社会纷争全都卷入了校内政治，其间处置措施又多不当，蛮横强硬引发公愤，使得学潮争斗完全不可调和。最终局面破碎不堪收拾，不得不黯然卸任远走。与其相同的是，作为杨校长后盾的段祺瑞政府和教育总长章士钊（1881—1973）等，也在全国政治形势的尖锐逼迫下，政令不行，众叛亲离，又酿惨案，只能倒台逃逸。鲁迅与章士钊的官司并最后胜诉，也伴随在这整个纷争过程中。

鲁迅是学潮中支持学生运动、反对校长杨荫榆的一方势力的中坚人物。五四高潮过后，新文化、新文学和新知识分子群体分化显著，包括《新青年》团体也早就离散了。同时现代政党逐渐成型登上国家政治舞台，新旧势力也在变异、蜕化、重组、更新发展，故而政治和权力角逐趋于严峻而复杂，不确定性剧增。在社会文化领域，现代文化产业制度及机制渐趋成型，群体和同人分合形成一种时代气候，现代社团组织形式成为文化运动的展开方式和特色。仅以鲁迅直接参与或主导的文化团体势力来看，上世纪20年代中前期较为著名的就有《语丝》周刊、《莽原》周刊、未名社等，他还参与编辑《国民新报》副刊等，社会文化活动极其活跃。可以说表现出和组成了一股具有相当显示度的影响力量。在女师大风潮中，鲁迅等七人联署发表了所拟的《对于北京女子师范大学风潮宣言》，并多次参加了女师大校务维持会，所站阵营和立场俨然分明。而对立面的势力也很强大，除了政府及教育部、校长杨荫榆外，还有《现代评论》周刊（现代评论派）等知名人物。明争暗斗当然都涉及到政府和教育界高层及背后的权力冲突。双方争斗的高潮是鲁迅被章士钊免职，学潮骨干和领袖包括许广平等多人被学校除名，连女师大也被教育部解散，部分学生遂另创自办新的女师大。鲁迅义无反顾都是学潮一方的坚定支持者和直接参与者。学潮中他与许广平的师生关系及其爱情的确立，也可用"同病相怜""同气相求"、志同道合的革命同志感情来看待。鲁许爱情有了超越于私人私域的社会性内涵，进而甚至带上了一种公共事件的现象色彩。（顺带一提，大概 2015 年后，有关女师大学潮及相关的杨荫榆、鲁迅等人物在内的话题，再被重提关注，陆续发生了陆建德、陈漱渝诸先生的论说商榷。以我浅见，其中分歧或关史料史实的看法，也与历史文化观念乃至立场有关，说明这场"学潮"并未消失。）

鲁许关系的发生、进展及爱情确立，在《两地书》(《〈两地书〉的原信》)中已经可以看得比较清晰，若非专门探讨，其他材料的推测和演绎，一般而言并无十分必要。重要的倒是结合这一时期《彷徨》《野草》《朝花夕拾》的写作和出版，需要格外关注这些文学性作品与学潮相关的论战文字（杂文）共同构成这一时期前后鲁迅生平和写作的主要内容。鲁迅的丰富性在这整体现象中才呈现出全貌。特别是，鲁迅是因其文学写作而体现其社会性和政治性的，他的生活和文学才是底色。反客为主不是理解鲁迅的正道。否则甚至会有违常识。这对专业研究尤须警醒自省。（近年有关鲁迅这一时期或称鲁迅中期研究最成系统的学术成果，我看到的是邱焕星教授的系列论文，文献观点均称细致精深，心得新见，非常值得专业研究者参看。远溯上世纪 90 年代前期，同门学长兄徐麟的博士学位论文即名《鲁迅中期研究》，可谓开此论域风气之先。）

因此，对于鲁迅这一时期的写作进行一些编年梳理，扩显基本脉络面貌，应该也是必要和有益的。继兄弟决裂、开始讲授中国小说史等之后，鲁迅在 1924 年二三月份，集中创作了一批新小说，如《祝福》《在酒楼上》《幸福的家庭》《肥皂》。下半年，开始创作《秋夜》《影的告别》《求乞者》《我的失恋》《复仇》等散文诗作品。当年的讲课、讲学、讲演任务繁重，还再校了《嵇康集》，翻译了日本厨川白村的论著《苦闷的象征》。其间并有觅房迁居等不少生活杂务琐事。1925年上半年，从元旦开始，几乎每个月都有续写散文诗作品，包括《希望》《雪》《风筝》《好的故事》《过客》《死火》《狗的驳诘》《失掉的好地狱》《墓碣文》《颓败线的颤动》。其间仍有小说创作，如《长明灯》《示众》《高老夫子》。同期相比，杂文数量更多，名篇叠出，且与"现代评论派"人物激烈笔战。还创办了《莽原》周刊。1925年下半年，女师大风潮进入白热化。鲁迅被免职，女师大被解散，新女师大自创开学等，对峙各方都出手了绝杀技、夺命招。鲁迅投身鏖战的同时，还是继续了他的文学写作。其中收入《野草》的散文诗有《立论》《死后》《这样的战士》《聪明人和傻子和奴才》《腊叶》。《彷徨》中的小说有《孤独者》《伤逝》《弟兄》《离婚》。近岁末，先出版了杂文集《热风》，继而编定了《华盖集》（次年6月出版）。鲁许定情也在当年10月——差不多也是写作《孤独者》《伤逝》的同时。

进入1926年不久，鲁迅有了好消息，控告章士钊胜诉，回部复职。他开始写作并陆续发表了回忆散文系列诸篇，先总名为《旧事重提》，这是《朝花夕拾》的前身。上半年还续写完了《野草》系列。在后续过程中，特别是在"三一八"血案后，他作出了堪称自己人生中的一个最大决定，偕许广平一起离开了北京、南下开辟新的生活。较之于鲁迅早年的几次"离家出走"，到南京读书是"走异路，逃异地"，不得不别寻一条生路；去日本留学是追随维新潮流、学习世界先进科学和人文思想，实现个人抱负价值——从家庭和个人动机升广到了启蒙运动意义上的国家、民族、社会的思想和文化的使命意识追求。这次离京南下时，鲁迅的个人地位和影响力已经远超五四、新文化高潮时期，置身在中国现实革命运动的斗争前沿，成为引领时代进步文化潮流的公共领袖。他的个人命运走向和社会革命发展、民族文化建设紧密结合、融汇在一起了。文学家、思想家、革命家的鲁迅形象开始全面建立，中国现代新文化方向的人格形象和精神化身开始在现实领域形成了个人化的标志和象征的实际体现。在这过程中，恋爱成为这一切走向的催化剂。南方朋友的引荐和相召使这一切有了切实的可行性。所有的行动条件都成熟了。但这并不等于是一次完全轻松和心情舒畅的南下履新。过后不久鲁迅也就感受到了北京生活过的负担并不能完全卸下，南方的新生活也并不尽如人意，甚至在无法勉为其难后，怀着旧愁新恨而不得不再次告别。

鲁迅离京的第一站就到了厦门大学任教。厦门期间续写完成了《朝花夕拾》。第二站到广州中山大学任教，同时与许广平汇合，其间编定了《朝花夕拾》。现实中的动荡流离和孤独寂寞的生活即将结束，精神心理上的个人历史回忆也以文学的方式得以升华抒发，未来的想象和期待已在若明若暗、跃跃欲试的萌动中。待到《朝花夕拾》正式出版的1928年9月，鲁迅许广平早已落户定居上海了。新生活展开了，1929年9月，他们的儿子周海婴（1929—2011）在上海出生。《朝花夕拾》后来也改在了上海出版。鲁迅最终在上海告别人世。

回顾1926年的大事，最有名的当然是史称的"三一八"惨案。鲁迅周围的亲近学生就有惨遭不测当场流血殒命的。一度传言甚急，将对鲁迅不利。为避免罹祸，鲁迅短期离家避难。《小引》中说《朝花夕拾》有"三篇是流离中所作"，即指避难期间的写作。北京显然已成险地。但鲁迅不仅译写不断，还依然出席了悼念死难学生等公开抗议性活动。名作《记念刘和珍君》即写于此时。友人林语堂（1895—1976）5月受聘厦门大学文科主任，邀请鲁迅往厦大任教。7月下旬，鲁迅收到了厦大寄来的预支薪水四百元，并旅费一百。8月26日，鲁迅登车离京，9月4日抵达厦门。在厦大担任国文系教授等职。许广平也相偕同时离京，前往广州。离京前后，《彷徨》出版。鲁迅在厦门住到次年1月中旬，1月16日离开厦门去广州，就任广州中山大学教授。此前，鲁迅已于1926年11月中旬就接到了中山大学的聘书。厦门实际只是鲁迅离京南下生活的短暂过渡。但这期间成就了他的文学个人史写作的"回忆记"——《朝花夕拾》。可以这样认为，作为文学性个人史写作的《朝花夕拾》，成就于鲁迅的生活危机、挑战和转折的连续过程中的一个重要节点上。兄弟决裂是家庭危机的爆发和挑战，是鲁迅个人史上的一次堪称最为严重的受挫和失败。但与许广平的恋爱和后来的同居，则使鲁迅获得了新生，不仅家庭生活得以重建，而且个人史的最终走向得以调整、转折而上了正轨。鲁迅在身心两面、世俗和精神上都有了一个蜕变，甚至是浴火新生的提升和解放。《朝花夕拾》的写作就在这一个人史转轨——终结过往、重建未来——的交界节点上。此外，《华盖集续编》《坟》也在厦门编定。他还编写了讲义《中国文学史略》（《汉文学史纲要》）。《故事新编》中的《奔月》一篇，也在当年年底完成。

综上所述，不同的写作面向和气质在此时同步展开着。与《朝花夕拾》的写作、发表和出版差不多同时前后的主要作品，包括《野草》和《故事新编》中的部分作品，《彷徨》也是1926年出版的，《中国小说史略》全书单行本此时刚出版未久，当然还有收录在《华盖集》及其《续编》等集中的杂文。最重要的恐怕还要包括鲁迅和许广平的通信，即《两地书》中的第二集"厦门—广州"通信。但最微妙直抵鲁迅内心世界幽暗深处的，应该还是《野草》吧。《野草》的文体也因此成为一种文学史的创制。（我所见最新研究著作是阎晶明：《箭正离弦——〈野草〉全景观》，北京：人民文学出版社，2020年。作者另有"鲁迅研究系列",包括《须仰视才见》《鲁迅与陈西滢》《鲁迅还在》等。)如果说《朝花夕拾》是鲁迅的个人(青少年生活成长)史,《野草》就是他的精神心理史,或心灵史了。《野草》记下了鲁迅内心和思想的探索、搏斗、挣扎及超越的痛苦与煎熬过程,也像是一种自我的省察、审视、拷问和解脱,由此达成了个人独立立场的转变和重建。从此他的强大自我更加鲜明而坚韧地展开在了中国社会政治和文化斗争的汹涌激流中。

《野草》收录的是 1924—1926 年间的散文诗,文体的跨界创新和作品的审美贡献等,当然是中国现代文学史上已经定论了的;从理解、认识鲁迅的思想变迁和心路历程而言,《野草》的意义和价值更是一个标本。鲁迅用一种象征手法、也是"明确的暧昧"的方式,清理、理清并呈现出了自己心理上的淤积和疑问,彰显了一个清醒、坚韧的现实主义者对于个人道路、生命姿态的决绝选择,以及对于仍然未决的晦暗不明的人生状况的悬置告白。《过客》就是一个范例:尽管来路和终点并不明确,但向着无穷之远前行则是唯一明确和坚定的现实选择与终极信念。这一选择和信念超越了"坟"(死亡)的阻挡,真正显示出了形而上的精神力量的作用。之所以说是一种"明确的暧昧",鲁迅的表达方式一如他的一句看似有着内在矛盾的名言:"绝望的抗战。"或如《野草》里的《希望》表达:"绝望之为虚妄,正与希望相同!"个人风格的审美修辞所强化的是思想表达的指向及其力度。在这种个人风格化的文学书写中,鲁迅也形成、建立并明确、坚定了他的个人思想价值立场:反思了之前的相对较为单纯的启蒙立场,也不同于此后卷入的"选边站"的政治立场,鲁迅以个人的价值观选择调适了文化启蒙和政治革命的思想与行动,最终以文学家、思想家的丰富内涵夯实、成就了革命家的文化历史人格形象。

至此，我们再回到鲁迅和许广平的爱情叙事脉络中来。日常的生活、公务、写作、出版、讲学和研究之类，一直在继续。变故也在不断产生。尤其胶着的状态，一面是学潮和战斗，一面是丰富性、多维度的写作面向的不断展开，同时还有充满了重生复活般激情的恋爱。可以想象彼时彼刻情境中诞生、催发的鲁许爱情，究竟在"老虎尾巴"（兄弟决裂后鲁迅迁居，他在新购房子的园中自行扩建了房间，用作自己的卧室和写作场所。北京称此为"老虎尾巴"，现为北京鲁迅故居一部分。当年鲁迅母亲和夫人朱安就和鲁迅同住在此故居中。）里陷入了何种"疯狂"的程度。一开始还不能预料，离京出走的生活转折将因此成为必然。

　　转变始于鲁迅因为学潮而有了一场真正的恋爱机会。一个女学生许广平走进了他的生活。在此不妨冒昧一说，也许这次是鲁迅的初恋体验吧。父母之命的包办婚姻没有产生婚后的恋情，鲁迅和妻子一生分居，并无夫妻之实。目前所知材料也无从确认鲁迅生平有过其他可称为恋爱的异性间交往关系。许广平是他的唯一，也是第一。学潮期间的频繁交往和书信，境遇和命运，催生并见证了他们的感情迅速升温。1926年3月6日，鲁迅日记有了一个意味深长的记录："旧历正月二十二日也，夜为害马剪去鬃毛。"害马者，广平也；这是女师大杨荫榆校长给学潮学生领袖所起的蔑称，鲁迅引以戏称许广平。两人关系显然已经有了决定性的突破。

　　由此，不难理解在兄弟决裂之后，鲁迅迅速进入了一种更加复杂多变的不确定生活状态中：生病、学潮、恋爱、诉讼，还有持续不断的论战。他的身体和精神、私域和社会、公职和个人等相互间的关系，完全缠绕、纠结在一起了，最终还影响到了他的生活方式选择。他必须决定今后如何与许广平一起建立自己的生活方式。与此同时，鲁迅的写作、学术、翻译、出版、讲演等作为一个作家、教师、学者、文化活动家、公共知识分子的责任和义务，也还在全力进行和承担着。他并不是一个自由人。这就一直到了他居住北京、任职教育部工作的最后时期。

不管怎么说，相对个人性的写作总会流露出内省的一些真实。"两地书"私信和《朝花夕拾》《野草》在鲁迅个人真实的表达方面殊途同归：内倾晦涩的心理实况《野草》，文学性的个人记忆《朝花夕拾》，需要掩饰、修饰的真诚和真实的《两地书》——它们的文学性程度不同，动机一致，都具有个人生活和思想、心理的真实性。其中，鲁许的厦门—广州通信，以家常内容和各自生活情形的报告为多，兼谈时政、人事和思想。总起来看，鲁迅的厦门生活似乎碰到了更多的不适，包括言语不通，生活不便，水土不服，人际关系复杂，校园政治叵测，还有大学教育理念的分歧，诸多不能适应和不喜欢，其中还应该加上与许广平的分居原因。从宏观上看，对于旧政府旧势力保守利益群体的厌恶，对于广东革命新势力的同情和未来的期待，加之广州中山大学的新创及相邀，鲁迅终于还是离开了厦门，转任中山大学教职。

鲁许通信里，有几段很重要的话，都是鲁迅对许广平直言剖白所说的，很能见出鲁迅在厦门的心情和《朝花夕拾》的写作心态。援引如下，可见衷曲：

> 但我对于此后的方针，实在很有些徘徊不决，那就是：做文章呢，还是教书？因为这两件事，是势不两立的：……我自己想，我如写点东西，也许于中国不无小好处，不写也可惜；但如果使我研究一种关于中国文学的事，大概也可以说出一点别人没有见

到的话来，所以放下也似乎可惜。但我想，或者还不如做些有益的文章，至于研究，则于余暇时做，不过倘使应酬一多，可又不行了。（六六）

其实我也还有一点野心，也想到广州后，对于"绅士"们仍然加以打击，至多无非不能回北京去，并不在意。第二是与创造社联合起来，造一条战线，更向旧社会进攻，我再勉力写些文字。（六九）

我其实还敢站在前线上，但发见当面称为"同道"的暗中将我作傀儡或从背后枪击我，却比被敌人所伤更其悲哀。我的生命，碎割在给人……已经很不少，而有些人因此竟以主子自居，稍不合意，就责难纷起，我此后颇想不再蹈这覆辙了。（七一）

你说我受学生的欢迎，足以自慰么？不，我对于他们不大敢有希望，我觉得特出者很少，或者竟没有。但我做事是还要做的……（七九）

如果说这些话相对而言多数算是鲁迅厦门生活的外因触动，他和许广平的感情升华就该是厦门—广州异地交流所激发的思想内因推动了。姑以两例管窥鲁迅情思之大概。

其一是鲁迅对自己今后的生活方式"实在难于下一决心，我也就想写信和我的朋友商议，给我一条光"（七三）。许广平的回应："你的苦痛，是在为旧社会而牺牲了自己。""但我们也是人，谁也没有逼我们独来吃苦的权利，我们也没有必须受苦的义务的，得一日尽人事，求生活,即努力做去就是了。"(八二)在两人的情感言行中,可以说许广平是推着鲁迅加速向前走的。

其二,鲁迅表达得更加有点激愤之情了:"我牺牲得不少了,而享受者还不够,必要我奉献全部的性命。我现在不肯了,我爱对头,我反抗他们。""我先前偶一想到爱,总立刻自己惭愧,怕不配,因而也不敢爱某一个人,但看清了他们的言行思想的内幕,便使我自信我决不是必须自己贬抑到那么样的人了,我可以爱!"(一一二)

这些话当然有具体人、事所指,主要是针对自私膨胀、索要过度,一不合意又翻脸背叛的年轻"同志"、文学同人的阴损、攻击和污蔑。但由此也能见出鲁迅个性和意志的义无反顾,借着爱情的表白和宣示传达出了建立自己的新生活的决心。——这是在经由《野草》和《朝花夕拾》内外两面的抒发、清理之后才能形成的现实态度和个人立场。尤其是通过《朝花夕拾》,鲁迅对自己的青少年生活记忆做了一次暂时的告别,他的未来人生早就从这离京南下重新开始了。作为个人史的《朝花夕拾》既是一次苦痛之际的回望和谢幕,又是跨越羁绊、面向未来的开场和眺望。鲁迅是站在当下展开了他对于个人史的回忆书写。他是一个清醒而顽强的现实主义写作者。是的,"我可以爱!"鲁迅用重建自我的方式展开了自己的人生未来。正如前述,鲁许师生恋及日后的同居,实现了鲁迅个人生活史的转轨。他的个人新生和家庭重建同时获得了实现。多少年后,《朝花夕拾》也将成为彼时的生命回忆。

鲁迅的厦门生活仅4个月略多,和许广平相聚的广州生活也很短,约8个月多些。而正式在中山大学任职时间最多也仅过其半而已。与厦门相比,广州时期的鲁迅,和北京的生活及文化氛围显然是渐行渐远了。在生活和写作的实感上,他进入了一个几乎是全新的环境。但好坏顺逆仍实在难说。就好比到厦门本也是鲁迅自己的选择决定,但看他对厦门生活的抱怨(多见于鲁迅给许广平的信),又不意外他在厦门待不长。现在的广州也同样如此吧。鲁迅未必能适应或喜欢广州的新生活。

鲁迅在广州"新"在何处?一言以蔽之,他和南方(广东)新兴的革命势力有了近距离、直接的接触,这是他在北方的老旧帝都还不可能发生的经历。由此也可以说,鲁迅在广州是站位到了时代革命的前沿观察位置。这与他早年在家乡恭候辛亥革命党人的身份地位和人生阅历完全不同了。论革命资历,光复会的鲁迅当之无愧"老革命"。而且,这位"老革命"现在还是北方旧军阀政府的敌人。论地位、人望、影响力,鲁迅无疑是五四以来最著名的作家和文化名流,不仅社会各界的人脉资源广泛,而且在一般知识界和社会读者群都具有极高的威望和深刻的影响。如鱼得水,形势助人。按说他在革命中心地带本应该可以成就一番事业。他自己也向许广平私信说过:有"野心"到广州再和北京的旧势力开战,并想联合创造社结成战线向旧社会进攻。"老革命"鲁迅本是想来做革命"新党"的。

可是,事情或形势的另一面起了更大的作用。鲁迅靠近了革命、来到了革命中心,同时也就近距离、直接陷身于革命政治的复杂性漩涡中了。所谓革命总是歧义重重,而政治的规则手段则有惯常通则的同质性。时代政治的负面因素不能不显露出其中的残酷性和黑暗性。鲁迅参与革命、参与政治,但并非革命权力嫡系,也无政治派系支撑,更不是一个长于实操的政治革命家,甚至他根本无心委身或投靠任何一种政治势力。他只是一个具有强烈现实政治关怀的写作者、启蒙思想家和文化活动家。特别是,他是一个走在时代前沿、超越时代的文学家和思想家。他的思想革命几乎注定会被时代所限的政治革命侧目、敌视、压制和打击。最终甚至会遭遇人身迫害。所以，鲁迅在革命中心的命运大概率是可以想见的。失意、失败的结局是注定了的，他的人生智慧就看是如何全身而退了。

  1927年，鲁迅已渐近知天命之年。年初再次踏上了"过客"的旅途。1月中旬抵广州即入住中山大学。2月，受命担任文学系主任兼校教务主任。不久还去了香港演讲。表面看一切都很顺利。而且小别后终于又和许广平聚首了。但是，也仅过了3个月，鲁迅就向中大校方提出了辞呈。一个月左右，连着请辞了四次。即使不深究幕后原因，有些表面现象也能看出基本缘由。最显著的是因为广州发生的"四一五"事变，鲁迅当天参加了中大"紧急会议"，力主营救被捕师生，但毫无结果，故而愤怒辞职抗议。鲁迅日记4月29日："上午寄中山大学委员会信并还聘书，辞一切职务。"其实此前已经有了不少痕迹，可以透露鲁迅的心态及对其去留的影响倾向。2月他在香港的演讲题目是《无声之中国》和《老调子已经唱完》，都是尖锐涉及现实的批判性主题，大旨延续了新文化思想启蒙的价值取向。同时，对于未来包括革命现状有着深刻的洞察，谨慎的希望中更有一针见血的针砭。显然，他所看到的革命形势并不乐观。4月初，鲁迅创作完成了历史小说《眉间尺》（即收入《故事新编》的《铸剑》）。复仇的主题将这篇作品的诡异、瑰丽色彩渲染到了极致，古典韵味和现代审美修辞融于一体，决绝毁灭的激情增生出了改天换地、书写人间历史的力量。说它是一部悲剧也罢，鲁迅在广州仿佛期待重新获得一种人生的刚猛精神，壮怀激烈，义无反顾，同时美感无限，凄美到了天地变色。《铸剑》最近于《野草》诸篇的题旨和美学，可以探窥到鲁迅的心境、胸怀和气质。当月下旬，鲁迅编定了《野草》。《眉间尺》完成后数日，鲁迅应邀在黄埔军官学校作了题为《革命时代的文学》的演讲。文学与革命、文学与政治，包括文学与阶级性，成为广州时期及以后鲁迅有关文学政治性思考中的主题或核心之一。无疑，这其中深埋着他对于政治现状复杂性的强烈关注、辨识、批判，特别是多重思考的旨向，只是借着文学的题目发挥阐释罢了。连同7月下旬的广州夏期学术讲演会的《魏晋风度及文章与药及酒之关系》（以下简称《魏晋》）的讲演，都是借他人酒杯浇自家胸中块垒。

很多年前，我曾请教专治古典学术的朋友：新文化以来，是否还有一篇学术讲演能像、或超越鲁迅这篇魏晋讲演在知识性、趣味性、学术性、思想性、审美性几乎所有方面的融通与成熟？朋友踌躇深思良久，回我说好像没有。我不知道是不是会有。《魏晋》讲演中的郁愤哀婉情感与潇洒反讽语调浑然一体，学术和思想的创见与时评和讽世的褒贬互相交和，相得益彰。全文完全就是一篇史上未见先例、今后难能比肩的议论说理讲学美文。（有人说央视"百家讲坛"中有的节目可能近之？我只能呵呵了啊。）讲演内涵和成文文体相辅而成所显示出的深广度、美感度的圆满程度，实在是都难有其匹了。虽说在他之前有刘师培（1884—1919）所论（如鲁迅讲演中特别提到且高评的刘著《中国中古文学史》），而在此后又有更为精深的专业研究进展，但一如《中国小说史略》的地位，这篇讲演在历史文献和人文精神的双重意义上已成一种绝唱。那么，这篇讲演的要旨、深意何在呢？或者至少，我个人如何理解这篇讲演的动机、意味呢？

前人已有不少论析，我这里勉强略作申说吧。这篇讲演是在"清党"政变后的国民党势力核心所在地广州的机构活动和报刊上连载发表的。这注定了它的寓意曲折性和复杂性。鲁迅后来对老友解释说自己"在广州之谈魏晋事，盖实有慨而言"（1928年12月30日《致陈濇》)。"魏晋事"之慨何谓？由现实而溯历史，由历史再看现实，其实也不很难理解。核心不外于"乱世"尤其是"权力易代"和党争、政变之乱造成的士人命运之痛。权力和士人向来都是一种双重关系，利益从来就无可分割，鲁迅《魏晋》讲演的重心则落在了后者的命运之慨上。在朝代、政局巨变也即最为严酷、危险的社会动荡和国家政权争替之际，作为文化价值担当、道义良知中坚的士人和文学者的人生境遇、姿态宣示、命运起伏，就有着人格精神境界的鲜明昭示和终极评价的意义。其中寄托了鲁迅本人的爱恨情仇、内省抒怀——这是一篇鲁迅借题发挥、身心代人的传情言志、以学论政之作。新权力对于不顺从、不同道、"有异见"的士夫知识人的迫害和杀害，后者的乱世应对之道；政治激变中的气节与道德，苦闷中无路可寻的彷徨，激愤中禁口难诉的痛苦，这一切都是现实再版的历史常态了。政治利益、道德信仰、宗法关系决定了易代和乱世之际士夫知识人的命运，悲喜交加。而此时此刻，鲁迅广州时期的特殊性又在于，所谓国民革命时期的中国政治和政局正在发生从传统士人（人伦）政治向现代政党（阶级）政治的转型，需要关注20世纪20年代中前期与20年代后期至30年代政治型态属性的基本不同及其社会影响。鲁迅在前后过程中一直卷入了这两种不同性质关系的政治活动，并在其中形成、校正、抉择自己的政治道路和立场取向。这当然是一个痛苦甚至难免彷徨的过程。鲁迅遭遇到了国民革命之痛。但在不久后的定居上海期间，鲁迅也终于有了自己的定向和站位。（本书发稿前夕，看到微信公号"文艺批评"转发了张武军教授原载首发于《东岳论丛》2021年07期的长文力作《1927：鲁迅的演讲、风度与革命及国家之关系》，文中对于"广州鲁迅"析论精详，足资参看。）

时事也罢，古人也罢，关于文学的政治动因的考察成为文学和历史评价的主要内涵及依据。知人论世而得其要旨，关键就在于此。也许，现实的、特别是政治的鲁迅就在这短短的广州时期得以破茧而生了——这是一种涅槃重生。政治成为广州鲁迅的核心词和关键词。此后的上海鲁迅或20世纪30年代、后期鲁迅，就从广州鲁迅这里重装出发了。

说到政治鲁迅这类概念，近年有年轻学者提出了重点阐释。语义上宽泛地说，政治鲁迅看似新概念，实为老观点。鲁迅向在政治范畴中。但论两者内涵和视野，则新老显然各有不同，或侧重。新概念新在其广义的政治能指，老观点则多限于左翼政党所指，两者论域的展开视野很是不同，方法论也就必然大异其趣。这在鲁迅的具体阐释上一定会产生明显的分野和多义可能性。"政治鲁迅"的阐释空间无疑有助于学术的开放性和论述的系统性。用广义性的政治之义来"命名"或释义鲁迅，我以为至少在策略上是一种智慧且合理的手段。这或也是当今时代的启示。它的价值并不因为与老观点的政治所指部分重叠而招致损害或削弱。重要的是我们对于政治鲁迅的学术释义——政治鲁迅之政治，究为何指？是政治鲁迅的论域界限及其他关联性的学术辨析？必须具体论述、明确揭示其政治或者说鲁迅的文学化政治的过程与性质。这是很有点难度的。既有研究能力所限，也有语境条件所限。从基本的文献和方法上看，其中就不仅有跨学科（不限文学）的挑战，还有跨文化（域外资源）的考验。在学术实践上，建立政治鲁迅的论述系统比提出这个问题概念要困难得多。有力拓展的成果仍有待后续努力。（有关"政治鲁迅"之说，近著可见钟诚：《进化、革命与复仇："政治鲁迅"的诞生》，北京：北京大学出版社，2018年。本书使用"政治鲁迅"一词，主要取其普通之义用法，并非专门针对钟著概念及论域的展开。）

生平简谱

1927年10月初,鲁迅偕许广平抵沪。1929年9月27日,儿子周海婴出生于上海。1927年底,《语丝》周刊因在北京被封而移到上海出刊,鲁迅主编。应蔡元培聘请担任政府大学院特约撰述员(1927年12月—1931年12月)。

文学传述

按鲁迅《我和〈语丝〉的始终》所说,他和《语丝》的关系大致是这样的:《语丝》周刊是在1924年11月主要由孙伏园(1894—1966)创刊并编辑。北京时期的鲁迅主要只是刊物的作者。作者群主要也算是一个松散的同人群体。刊文特色主要是"任意而谈,无所顾忌,要催促新的产生,对于有害于新的旧物,则竭力加以排击"。可见是一本现实批判性锋芒旨趣的言论刊物。厦门—广州时期,鲁迅和《语丝》的关系渐疏。"不愿意在有权者的刀下,颂扬他的威权,并奚落其敌人来取媚,可以说,也是'语丝派'一种几乎共同的态度。"所以,1927年10月,《语丝》及其出版发行方的北新书局终于都被当局封禁了。其时,鲁迅离粤到沪,《语丝》于是就有了移到上海编辑出版的计划,鲁迅还当了该刊编辑。但因此也就遭致了政府和地方当局还有文学界创造社派系的警告、禁止或围攻。《语丝》的锋芒和作者队伍都减弱了。刊物的品质、风格也受到了商业化的低俗影响。"《语丝》也因此并非纯粹的同人杂志了。"鲁迅辞去编辑之职后,举荐柔石(1902—1931)继任。很快柔石也辞职了。1930年3月停刊。《语丝》

后期的变化与前期的不同,"最分明的是几乎不提时事"了。这一比较就有了今昔之慨。鲁迅在事后的文字里仍难掩失落的情绪。当然,也因此有所不满。

鲁迅和《语丝》关系的终结,具有某种象征意味——他近乎"彻底"告别了北京的生活。以后也只是藕断丝连吧。生活上他有了上海的家,特别是海婴出生后,鲁迅获得了一个男人的全部身份——尤其是父亲的角色,使家庭概念得以具体落实为日常必需的生活状态。鲁迅不再是"自由人"了。从此他也只能心安理得在上海生活。同样重要的是,他在上海延续或开始了政治倾向的态度转向与确立。特别从1930年代起,他进入了一个左倾乃至左翼作家、社会文化活动家的晚年战斗生涯。这也是我后续将要延展的主要脉络。

初到上海的关键时刻,还是老上司蔡元培给予了最重要的支持。蔡担任着政府大学院院长,大学院始建于1927年10月,是政府最高教育学术管理机构,次年改为教育部。大学院特约撰述员的月薪是三百元。鲁迅一直担任特约撰述员到1931年12月。这足以支持了鲁迅在上海的日常经济生活开销,较之北京时期亦不可同日而语。和民国初年一样,蔡元培成为鲁迅的命中贵人。从经济角度看,从此鲁迅的生活就有了基本的保障。过了这段时间,他很快也成为当时稿费版税最高的中国当代作家之一。1929年夏他和北新书局老板李小峰(1897—1971)终于爆发版税官司后,所获补偿就达约2万元。可以想见鲁迅的"财大气粗"和文坛地位。

初到上海生活,还有几个细节对最后十年的鲁迅也十分重要。鲁迅10月3日抵沪。两天后的5日,他就去了内山书店买书。内山书店是日本人经营的以售卖日文书籍为主的书店,店主人就是后来成为鲁迅好友的内山完造(1885—1959)。据鲁迅日记记载,他去内山书店购书的次数，仅10月到沪后至当年底，就达28次之多。平均两三天就会去一次。如此，鲁迅和内山完造不成朋友也难了。而且，他们确也有患难之交的挚情和友谊。鲁迅曾为躲避不测和战事侵扰，藏身于内山书店以获安全。去世前夜，鲁迅还写下便条给内山完造，嘱其代请医生来寓救治。这份便条也可视作鲁迅的"绝笔"了。

其次可见出的非常重要的是，鲁迅到上海后保持了在广州时期的政治热情和倾向——某种程度上这也是一种持续的"转向"，鲁迅表现出了明显左倾的立场转向。而且，有了广州的经验，他对左倾革命和现实政治都有了特别的警醒与省察。这从他上海初期的几次演讲主题中就能窥见一斑。他的这些演讲包括《关于知识阶级》《文艺与政治的歧途》等。同时期发表的主题近同的文章有《革命文学》《文学和出汗》等。他在内山书店购买的书籍中，也有不少关于俄苏革命文艺的著作。广州时期鲁迅和创造社有了进一步接触，在上海他又愿意联名参与《创造周报》复刊广告并担任其特约撰述员。左翼团体、同人之间的合作互助、联手共事，已经成为鲁迅上海生活中的一个重要的活动方式。

越来越明显的是，在广州鲁迅和上海鲁迅的道路走向轨迹中，都有着"文学的鲁迅"和"政治的鲁迅"的两重纠结，需要清理和明确其间的关系方式。当年的鲁迅自身和现在的研究者，都需要对此有一个自洽的认识、省察或论述把握。在广州鲁迅中，我们须注意政治转向中的文学基本面，认清政治鲁迅的文学性和日常性（包括他和许广平的未来生活想象），即如何理解他没有可能成为、当然也就不是实际的政治家。至于上海鲁迅初期的革命文学论争阶段，则须认识到政治转向站位的文学政治和政治文学的纠结与复杂性，特别是左倾与"反政治的政治性"——文学在政治牵引过程中的抵抗和制约作用及所具有、体现出的特定政治性，包括鲁迅文学思考和表达中的政治内涵及功能认知。由此理解左倾—左联—政治鲁迅的最终形成及其独特性。文学的鲁迅和政治的鲁迅不可偏废，不能互相剥夺、遮蔽、取代。两者论述中的某种可能或常见的矛盾，正是阐明其中纠缠共存关系的关键所在。我们需要充分深刻地理解鲁迅在文学和政治表述中的话语方式及真实含义，包括潜台词。鲁迅的话或文章，确实常常不太好简单理解。举个例子，比如他的《魏晋》讲演，虽是长篇大论，貌似明确，其实不易准确理解，很费心思斟酌。鲁迅的思想矛盾性同样尖锐体现在他的政治性中。偏执一端就会把鲁迅单面化、狭隘化、绝对化或极端化了。

从广州到上海，新文化启蒙运动之后的个人性政治和阶级性政治的纠结与演变，正在鲁迅的思想和行动中进行着更加自觉的调适与融合。鲁迅即将完成又一次的思想和人生的磨砺提升。甚至更早些时候就有了端倪。鲁迅刚到上海约两周，就参与了"中国济难会"（后改名为"革命互济会"）的活动，此后并有多次捐款。这就是鲁迅的政治姿态的一种行动表达。尤其是在广州鲁迅之后，鲁迅的这种举动意味深长，也明确无误。

生平简谱

1928年，鲁迅和创造社、太阳社成员发生"革命文学"论争。4、5月，译毕、出版《思想·山水·人物》（日本鹤见祐辅的随笔集，1925年4月开译至1928年5月成集出版）。6月，和郁达夫合编《奔流》月刊创刊。10月，《而已集》出版。12月，《朝花》周刊创刊，由朝花社（鲁迅、柔石等组成）编印。和柔石、冯雪峰商谈合编《科学的艺术论丛书》。

文学传述

"革命文学"论争是鲁迅遭遇的一次严峻挑战。他被新兴左翼势力视为论敌的主要标靶,遭到了严重的攻击。这比前年与顾颉刚(1893—1980)教授发生的冲突要严重多了。问题是,在鲁迅的思想倾向和政治立场上,革命文学本来还是自己的同盟和友军,这使他必须做好万全的应对。于是,我们就看到了鲁迅从此开始的加速度"左转"努力和行动。可以说鲁迅是在这场论争中充分明确并基本完成了他的(左翼)文学政治立场站位。鲁迅晚年(上海时期)的全面"左倾"就此正式开幕、亮相登场。

究其缘由,鲁迅是"文学革命"的主要代表,仅此就足以成为革命文学的"敌人"。在革命文学者看来,五四前后的文学革命是资产阶级性质范畴的文学运动,是以(小)资产阶级知识分子为主体的文学运动,在美学上是以欧化文学为趣味和标准的文学运动。也就是说,文学革命缺乏的是阶级论、阶级斗争和阶级立场的文学价值观,即缺乏的是无产阶级的意识形态和价值观内涵的思想武装与政治立场,缺乏的是无产阶级的创造主体地位,缺乏的是无产阶级、社会底层劳动者的文学语言和形式美学。从阶级政治上看,有必要、也必须以无产阶级的革命文学运动对其进行理论批判和地位颠覆,将文学和意识形态权力从资产阶级手中夺回到无产阶级手里。概言之,革命文学意味着五四新文学革命运动后在文学领域中的一场更加先进而彻底的政治革命。这场革命最后的诉求也就是实质上的无产阶级革命文学。作为这场革命的策略和手段之一,就是要全面清算(五四)文学革命的代表人物的思想、立场、人格、文学形象当然包括其作品，清算（五四）文学革命的资产阶级意识形态。于是，鲁迅必然成为1928年勃兴而起的革命文学浪潮的首要对立面。而且，革命文学的发端及成功，批判鲁迅之流的文学革命"遗老遗少"最堪当现实政治革命的成色和强度的检验标志。

关于革命文学的兴起及与鲁迅的论争过程评述，大致可以简括如下：1927年国共两党破裂后，中国革命和现代国家政治斗争进入新的历史阶段，中国共产党的独立领导地位和力量组织尤显重要。文学界的创造社、太阳社作家汇聚上海，包括郭沫若（1892—1978）、成仿吾（1897—1984）、冯乃超（1901—1983）、李初梨（1900—1994）、蒋光慈（1901—1931）、钱杏邨（阿英，1900—1977）、阳翰笙（1902—1993）等，酝酿用文学运动进行政治斗争。除了马克思主义理论资源外，他们受到了苏联、日本的无产阶级文学运动的直接影响，遂从1928年初开始在《创造月刊》《文化批判》《太阳月刊》等杂志上，展开了革命文学、无产阶级文学运动的大规模倡导。与此同时的一个相关背景是，因大批文化界、知识界人士纷纷汇集到了上海，形成了一个文化中心南移的局面。由此上海的媒体传播业态一度异常活跃，刺激也鼓励了异见交流交锋、话语权影响力争夺、商业市场利益博弈的复杂竞争生态环境的形成。对照革命文学论争后，有关各方阵营人员在1930年代的再度政治分化走向，犹可见出革命文学论争时期的相对淆杂混乱而表现激烈的政治生态面貌。

狭义地看当时发表的革命文学观文章，主要有郭沫若的《英雄树》《留声机器的回音》《桌子的跳舞》《文艺战线上的封建余孽》，成仿吾的《从文学革命到革命文学》《全部的批判之必要》，郑伯奇的《文坛的五月》，冯乃超的《艺术与社会生活》，蒋光慈的《关于革命文学》，李初梨的《怎样地建设革命文学》，钱杏邨的《死去了的阿Q时代》等。（无产阶级）革命文学的基本观点认为，无产阶级已经成为现阶段中国革命的领导阶级，阶级观念主导的意识形态尤其是革命文学、无产阶级文学，应该成为现在文学运动的领导力量。革命文学就是"以无产阶级的阶级意识，产生出来的一种斗争的文学"。要求作家"努力获得阶级意识"，"克服自己的小资产阶级的根性"，文学创作则"要以农工大众为我们的对象"。显然，革命文学的倡导是在国共破裂、大革命失败后接续在文化领域展开的一场自觉的政治革命运动，诉求表现为文化领导权的争夺。这就在文艺界引起了强烈反响，不同倾向的观点讨论在各层面一度形成激烈的争论。特别是，革命文学理论包括倡导者的马克思主义、无产阶级理论水平毕竟相当有限，还明显有着（极"左"）极端倾向，包括对于中国革命的性质和现状的认识并不准确。在革命文学理论的阐释上，过于夸张了社会政治功能，视文艺为政治宣传，将政治立场问题简单替代了思想的改造和文艺的特性，简单片面地低估甚至否定了五四新文学的历史成就和地位，还把激烈批判的锋芒主要针对了鲁迅、茅盾（沈德鸿，字雁冰，1896—1981）等新文学代表性作家。所谓"死去了的阿Q时代"云云，既是针对鲁迅、五四新文学的文学价值批评，深层次还是对于中国发展实况和政治现实的一种社会性质判断。可以认为革命文学的倡导是在发动一场全面的意识形态运动，而其运动方式在我看来有点类似文学革命时期《新青年》策划的"王敬轩双簧戏"——正面的积极建设固然重要，同时也需要发动一场战争：必须明确、确立敌人的具体存在；谁是敌人？在舆论战中打败、消灭之。只是革命文学的姿态相比《新青年》同人更加决绝果敢，无需也不屑于借助引蛇出洞之类的曲折激将手段，直接叫阵开骂对决，大有舍我其谁、革命一尊的架势。由此引发了文学界、同人群体之间历时逾一年的激烈论争。卷入论争的刊物除创造社、太阳社阵营的之外,还有如《语丝》《新月》这样色彩完全不同的文学和文化群体的刊物。可见泛滥波及之广。(相关资料最早有李何林编辑的《中国文艺论战》一书出版,较新的汇集有中国社科院文学所现代室编辑出版的《革命文学论争资料选编(上下)》,近年文章有乔丽华的《革命文学论争中的"语丝"阵营》等,对此都有收集、梳理和考订。还有资料统计,当时发表的有关文章达 350 多篇,参与报刊有 150 多种。百度学术统计的涉及革命文学论争的研究文章达近 7 万篇。)

从鲁迅的立场和观点来看,他非但不反对革命文学的倡导,而且明确肯定了革命文学的意义和价值,甚至不完全反对革命文学出于功利目的而对文学功能的某种强调。但他认为不能轻视和抹杀文艺特征的重要性,对于五四文学革命的评价也需有全面正确的历史认知和判断。(《文艺与革命》《"醉眼"中的朦胧》《文学的阶级性》《现今的新文学的概观》等)最令鲁迅反感的或许是革命文学倡导者一方面理论简单、肤浅,同时却又自大自居于革命者的唯我独尊的"正确"领导姿态。真可谓浅薄而坚定的自信所流露出的傲慢与张狂。鲁迅是经历过晚清革命至今的"老革命",虽然当时并未参与、加入左翼党派活动,但他对于中国革命现实的洞见和经验都要比年轻的共产党人深刻、丰厚得多。对于世界观和立场转变的艰巨和痛苦的过程,鲁迅有着自身的深刻内省和拷问。革命文学论争不仅发生在鲁迅周围,发生在他和革命文学论者之间,更重要的是还发生在鲁迅自己的思想意识中,发生在他的情感心理世界中。后者即鲁迅的思想和情感中的革命文学运动,是我们现在观察和研究鲁迅最该重视的一个方面。从文学革命的《狂人日记》开始,鲁迅就自觉为文化上的"戴罪之身",需要思想启蒙来洗涤血液中的"吃人"原罪。同样,革命文学的挑战,阶级政治的革命风暴依然促使鲁迅反躬自省，进行自我的政治洗涤。这是一个更加痛苦和彻底地重新建立自我的文化认知和政治认知的过程。这也是鲁迅在革命文学论争中深入内省、深刻思考作为革命文学主体的自我的定位过程。作为一种印证，也最能显出鲁迅的政治倾向和立场的是，在与革命文学主张的反对者的论争中，鲁迅明确站在了革命文学的基本立场上，并与之呼应回击了对于革命文学的政治攻击和"抹黑"。从思想发展历程上看，这其实是他广州思想政治化的一种继续，是他思想左倾发展的一种价值观立场选择。也可以说这是鲁迅思想的一种自觉表现。所以他才能在与革命文学论者激烈争论的过程中及其后，既成为左翼文学的同盟者甚至成为旗帜和领袖，也完善、完成了自身的理论修养经验和观念立场的再次确立。否则，鲁迅和左联、左翼文学运动就不会紧接着发生如此直接、紧密的联系。革命文学论争成为鲁迅进入 1930 年代无产阶级文学运动及其自身充满了政治漩涡和丰富性面向的写作生涯的一个铺垫和契机。

因此，从鲁迅生平和思想的完整历程中判断，我想这样说，广州的鲁迅经验加速了他的政治化，鲁迅在广州内蓄了强烈的政治性动能，成为政治意义上的鲁迅得以形成的一个转折点。1928 年上海鲁迅遭遇的革命文学论争，则成为政治鲁迅最终成形的一个催化剂。我们从鲁迅 1928 至 1930 年日记书账，尤其是与 1927 年及以前的不同书目构成中可以一目了然。鲁迅的知识结构、思想资源、立场倾向等整体性的方面，都进行了一个自觉的重新建构过程。这足以确证 1930 年代鲁迅的政治性选择的合理性，这才能使鲁迅走向左联的事实可以被理解。

统观这一时期的前后时段，作为时代背景的国民革命席卷全国，声势浩大，在现代中国史上的政治意义极为重要。政党政治、国共合作、中共领导地位的独立和自觉、土地革命、国家权力和政权易手等，都与之直接关联、甚至构成主要因果关系。可能也是辛亥革命、袁氏帝制败亡后再次撼动国家政权的一场政治革命。但鲁迅实际（被）卷入得并不深。特别是联系、对照上海鲁迅，消极面上可知鲁迅也是被动卷入革命文学论争（运动），他并没有主动介入实际政治包括政党意识形态运动；直到1920—1930年代之交，经由革命文学洗礼，积极面上看鲁迅才完成了现代左翼政治站位，有了左联的加入。所以，统观国民革命、革命文学对于鲁迅的前后影响（1926—1930），可知此前的国民革命与鲁迅彼此均未产生很深入的实际关联或促使其发生自觉的政治卷入。现代政治之于鲁迅仍未真正发生；1926—1927年鲁迅主要还在（宗法关系为基础的）传统士人政治的基本观念立场和行为方式范畴内铺垫、酝酿着现代（政治）革命的可能性。革命文学运动（1928年后）才是鲁迅政治转向、定向站位立场的主因。

　　鲁迅绝不是一个以政治为虚妄的人，虽然他经历过虚妄的政治、看透过政治的虚妄，相反，他是一个具有坚定政治性的文学家。他要寻求和加入的是反抗虚妄的政治。政治的意义及思考超越了单纯的启蒙或一般所谓的希望或绝望的笼罩。只不过鲁迅的表现特点是，他一生都在求证、获得文学的政治性，建立自己的政治性文学。这在写作文体上的最大特征无疑就是他的杂文。可以说寻求并确立自己的政治性的过程，贯穿于日本时期反清排满的鲁迅直到上海时期投身左翼文学运动的鲁迅的整个人生。这也是他晚年的写作越来越具有普遍、浓厚、敏锐的政治性的原因。当然很明显，晚年鲁迅认同的主要是左翼和共产党、共产主义的政治。

　　对于革命文学论争及其影响于鲁迅的关键点，中外学者都有不少论说，观点有分歧，但基本事实其实很明了：鲁迅从此不可逆转地倾向于、站位于左翼了。而且，鲁迅的左倾、左翼站位并没有因其在左翼阵营中的后续论争和矛盾冲突而发生根本性的改变。鲁迅政治站位的明确立场和由此而生的思想复杂性表现，学理分析可以各异，但无妨于共同构成了有关 1930 年代鲁迅的一个常识性判断。这一认识和判断，在我个人，显然已经不同于年轻时候因偏激而生勉强的简单看法了；也绝非简单回到或重复鲁迅晚年成为一个共产主义者的传统观点。观点的表达看来简单，思想的经历则颇有曲折。目前看，这还是一个可以再作探讨的问题。

概括一下革命文学论争及与鲁迅相关的影响，我想着重强调几点，一是革命文学的倡导具有当下国际背景，特别是国际共产主义运动和马克思主义思潮对于中国文学和意识形态领域的直接影响；二是充分明确了中国共产党、马克思主义在中国文学运动中的领导地位，包括意识形态领域的全面领导权的地位；三是从此开创了理论化、组织形态、斗争方式的左翼、无产阶级文学文化运动模式；四是以鲁迅为标志、特别是因为鲁迅的坚定"左转"，促成和建立了左翼文学、无产阶级文学与五四新文学传统的历史维系，这意味着左翼文学、无产阶级文学成为文学史的主流。

最后还有一点也非常重要，应该着重一说。从革命文学及相关论争卷入的媒体数量看，这无疑是一场明显的社会席卷规模的重大传播事件，绝不只是一次文坛骂战现象，意义远远超出了文学领域范畴，实际已经具有了社会政治事件的性质。也许论战之勃兴、延展在主观上涉及话语权的争夺、发声或存在感，而在客观上已经产生了助力、推升革命文学和马克思主义观念在中国社会和意识形态领域影响力的巨大作用。广而言之，左翼思潮和马克思主义在中国的传播，就是由重要的、一连串的传播事件所进行和完成的。这与 19—20 世纪之交由传播铸成、推动了新文化启蒙运动的过程几乎完全一样。但左翼和马克思主义的传播更具有强大、系统的（国际国内）组织力量和政党力量的直接策划与协调推进。鲁迅一度不期而然地被置于这一切的中心位置。他的强大在于很快就驾驭住了原本极为被动的个人处境，反而成为革命文学的主要领袖人物。

于是我们看到了这样一条鲁迅人生进途的时间聚焦逻辑：鲁迅加入左联的行动和事实，在其个人史、文学史乃至革命史上的标志意义都极为重要而显著，那相当于就是他的1930年代的《狂人日记》。稍前，内山书店成为鲁迅的"上海日本"，我看是相当于他的"二次留日"。世纪初一次留日，鲁迅完成的知识构造奠定了他的启蒙世界观；20年代末到30年代前期的内山书店"二次留日"，完成的是鲁迅以俄国革命、日共的实践与探索及马克思主义理论的国际左翼、共产主义思想和阶级政治论为核心的知识重构，这明确了他的政治立场站位，最终达成了他的世界观（特别是人生观和政治观）"定向"。略再早些，主要来自日本（思想资源）、爆发于上海（传播中心）的"革命文学"，促成了中国现代文学的一种结构性生成（应该把"革命文学"视为中国现代文学生态和动力机制的一种历史新创和突变）；后期创造社表述的政治诉求（意识形态、社会制度宣示了政治和社会的理想目标，也是一种绝对价值），不同于鲁迅表诉的文学姿态（不断革命的政治、永恒价值的文学，预示了言说方式和未来预期的某种有限性及不确定性）。但这一切都无碍于新文学以来首次诞生了文学的政治共同体（左联）。而且，在我个人的观点上，分明可以清理出五四（新文学—启蒙文学）、经由革命文学（创造社—鲁迅—左联）、延安文学到达社会主义中国文学（国家文学）的历史轨迹。（我另有关于"国家文学"的论述，这里不做赘述。）

也是在论争期间，鲁迅和郁达夫（1896—1945）联合创办了《奔流》月刊。按照两位主持人的说法，《奔流》主要发表"关于文艺的主张、翻译，以及介绍"，主旨其实就是推广无产阶级革命文学理论（鲁迅）；"用意是想介绍一些真正的革命文艺的理论和作品"（郁达夫）。一般而言，鲁迅也是在这份自办的《奔流》刊物上首先集中以翻译的方式开始了苏联和马克思主义文艺理论的传播、接受与研究。鲁迅翻译的《苏俄的文艺政策》就发表在《奔流》上。1929年出版了《壁下译丛》，鲁迅翻译有《现代新兴文学的诸问题》（日本片上伸著）、《艺术论》和《文艺与批评》（苏联卢那察尔斯基著）以及普列汉诺夫等的论著。很显然，在鲁迅的办刊、翻译、写作等文化活动中，都可以看出革命文学论争/运动的实际影响。鲁迅所说的"科学的艺术论"，指的主要就是包括苏联、日本的有关马克思主义和社会主义、无产阶级革命文学理论。他是《科学的艺术论丛书》的主要参与者和编译者之一。鲁迅早年的启蒙思想资源取用的路径和方法是"拿来主义"，中老年时期他的革命文学论资源同样也是一种"拿来主义"。但后者的主体性思考和资源取舍选择的动机、目标，显然都要比前者自觉、明确和深刻得多。政治性和意识形态性的立场及理论意义辨识，成为后者的主要价值考量因素。

宽广一点看，如果说革命文学论争的发生具有国际共产主义运动的鲜明色彩和特定背景，那么鲁迅的思想政治转向也同样契合着这个时代的国际背景和世界潮流。而且，鲁迅的翻译和论述的独特性，因其个人突出的文学性经验和亲历的中国革命实践，表现为更具独立思考特征的一种表达方式。也可以说，鲁迅代表和标志的中国革命文学理论的思想高度及其丰富性意义，深入进了国际背景的世界无产阶级革命文学理论的论述核心。有充分的理由可以在国际左翼思潮的宏观视域中,沿着马克思主义(文学)意识形态的发展脉络,认识和评估包括鲁迅在内的中国革命文学论述的独特性和独创性,特别是其中的中国经验和理论贡献。我们从《而已集》(1927年)、《三闲集》(1927、1928、1929年)所收的年度文章里,可以清晰见出鲁迅展开的中国革命文学论述的基本形态和核心观念。如此一直接续进入到了1930年代的《二心集》等。鲁迅的左翼新形象面目越来越清晰和确定了;同时他在左翼内部发生的论争和冲突现象,也越来越成为一个突出问题。有时,多少会令人不安,或为难吧。

生平简谱

1929年9月27日,周海婴出生。

1930年元旦,和冯雪峰(1903—1976)合编《萌芽月刊》创刊。2月中旬,列名发起中国自由运动大同盟并参加了成立大会。3月2日,参加中国左翼作家联盟成立大会,当选常务委员;发表《对于左翼作家联盟的意见》演讲。3月19日—4月19日,离寓避祸。4月中旬,左联《巴尔底山》旬刊创刊,列名基本成员。计划编译出版《现代文艺丛书》,译介苏联文学。4月到6月间,译毕并出版苏联文艺政策汇编《文艺政策》。5月,与中共领导人李立三会面。9月17日,出席左联发起的鲁迅五十寿辰纪念会。年内译出苏联作家作品多种。

文学传述

1929年,鲁迅个人和家庭生活中的大事,应该莫过于儿子周海婴的出生。据鲁迅自述,海婴之名取自上海出生的婴儿之意,看来也无其他深意。还有，他后来说，许广平的怀孕和海婴的出生，是不小心避孕失败而导致的结果，自己本来并没有生养小孩的打算。还可补充一说的是，鲁迅晚年和年轻朋友谈避孕，称自己一向使用自然避孕法，少有失败的，怀上海婴算是一次失败。即便如此，鲁迅因此做了父亲，且是"老"来得子，总该是高兴的吧。现在他可以按照自己十年前的名文《我们现在怎样做父亲》来践行自己的父亲之道了。抑或更多反顾省察《五猖会》《父亲的病》中的父道？再度警示警醒《二十四孝图》《琐记》中所谓人伦亲情的非人性？父道、孝道、人道，种种难言的郁愤、痛楚和欢愉，都已经刻入了鲁迅的生命，不待详述。

相对于个人私域的社会公共层面，鲁迅值得大书特书的是他终于标志性地完成了从左倾到左翼最后归之左联的文学政治转向。我一再强调，这是一个确立政治立场的过程。如果说 1929 年延续了 1928 年的革命文学论争，鲁迅已经有了一些系统清理自身思想立场的具体成果，体现在他的文学实践上的就是他的一系列翻译。包括前述的苏联卢那察尔斯基以及普列汉诺夫等的著述。鲁迅的理论"补课"已经基本完成。我想可以重申一下，20 年代末苏俄的社会主义文论和马克思主义理论的汲取，对于鲁迅的意义，有点近似留日时期的学习近代西方思想，两者都具有世界观、价值观的基本构造作用。于是，进入了1930 年代，就是鲁迅的"左联"时期了。

这里要约略明确或区分一下我之所谓左倾、左翼、左联的概念。一般来说，左倾并不一定含有政治和政党的（阶级）立场站位，相对倾向于一般社会基本利益的价值立场，主要体现一种政治倾向态度，大多是一种批判现实的激进态度，与主观自觉意义上的政党政治立场选择有明显区别，也与政党政治的功利价值观无必然（因果）联系。左翼则是一种自觉的政治立场站位，是政党政治的自觉而有机的组成部分,在观念(意识形态)和组织层面上都有政党政治的明确归属,强调的是政党政治的组织属性,换言之就是中国共产党的所属组织(部分)。左联完全就是中国共产党直接领导下的一个特定、具体的政治和文艺的团体组织,是具有明确政治立场、政治领导和政治目标的文艺组织,其领导核心就是左联内部的党团组织机构(成员),所有文艺活动和重大决策都必须遵循、服从党的统一和绝对的领导与部署。党的权威和权力在左联组织中至高无上。"党的文艺"观念是左联组织文艺活动的政治核心和灵魂。事实是左联选择了鲁迅,鲁迅也加入了左联,鲁迅甚至还可说就是左联的创始人之一。但鲁迅又不在党内,这使左联成为政治鲁迅和鲁迅文学政治的一个不可分割的长期性考验。直到鲁迅去世。

1930年3月2日,中国左翼作家联盟正式成立。此前一年,冯雪峰等就和鲁迅一起商筹左翼作家联盟组织。新年伊始,与冯雪峰合编的《萌芽月刊》创刊。创刊后的第3期,《萌芽月刊》成为左联机关刊物。鲁迅连续在该刊发表了《新月社批评家的任务》《非革命的急进革命论者》《"硬译"与"文学的阶级性"》《"丧家的""资本家的乏走狗"》等这一时期集中体现其思想和立场特征的代表性文章,它们也后来被视为鲁迅一生中最为重要、最为著名,也最具影响力的文章之一。鲁迅和新月派同人的论战,也在此全面展开。此外,鲁迅还译介了苏联作家法捷耶夫(1901—1956)的小说名作《毁灭》等。当然,鲁迅在左联成立大会上的发言文章《对于左翼作家联盟的意见》(以下简称《意见》),同样发表在《萌芽月刊》上。此文成为中国左翼文学史上的一份标志性文献。

《意见》的双重倾向和所指应该是比较明显的。既是对当下左翼文学的一种基本看法和见解,同时也就不能不含有鲁迅对于近两年来的革命文学论争经验的反思和批评,有些言外之意可谓意味深长,内涵并不一般。《意见》开门见山就推出了震聋发聩之论:"我以为在现在,'左翼'作家是很容易成为'右翼'作家的。""为什么呢?"鲁迅接下的自问自答,显示并非故作耸人听闻的惊人之论。他对此已有着成熟的思考和判断。他说,如果脱离实际的社会斗争,空言激烈的"左"的口号,高谈彻底的"主义"之类,一定是毫不足靠,最易右倾。第二,不明白革命的实际苦痛和残酷,革命建设的艰辛和困难,浪漫谛克幻想的革命者一定会陷入失落绝望的困境,甚至成为革命的"反动者"。第三,一切文学者,包括革命文学者,都没有拥有特权的资格和地位,不能成为凌驾于社会大众和劳动阶级之上的特权阶层。自居于劳动阶级之上的知识阶级,一旦在现实中碰壁失败,也会很容易变成为"右翼"。以上三点,几乎就是针对革命文学论者的直接批评和警告提醒。而且预言性地昭示了未来社会主义时期中国文学的主体性问题、意识形态建设、作家创作实践问题等。革命文学必须理论联系实际,必须身体力行投身直接的革命实践,必须彻底改造自己的世界观、重建阶级立场,这才有可能成为真正的左翼革命文学者,否则就极易走向反面的右翼。可以说,这也是近几年间鲁迅积极自觉地吸收了马克思主义思想资源和苏联文艺理论所获得并形成的系统性革命文学论的核心要旨。所谓科学的艺术论依托的是鲁迅的人生和文学的实践经验,使他能够较为成熟、全面地表达出自己的相对完整、系统的阶级论文学政治观和革命文学观。革命文学论争对于左翼/左联鲁迅的诞生,实在是有着显著而巨大的催生作用。以《意见》为主要标志,鲁迅已经成为一个有着马克思主义基本理论武装的无产阶级革命文学论者。不仅于此,他首先是一个广义的左翼文学写作者和左翼文学实践者。

《意见》的后半段是对左联革命文学运动开展的几点期待。第一是必须坚持坚定韧性的斗争意志，不可有所小成就固步自封、中止前进，必须坚持终极目标和理想的不断追求。不断革命、彻底革命的精神成为鲁迅革命文学的阶级论思考的一种基本观念体现和思维方式。他说，"无产文学，是无产阶级解放斗争底一翼，它跟着无产阶级的社会的势力的成长而成长，在无产阶级的社会地位很低的时候，无产文学的文坛地位反而很高，这只是证明无产文学者离开了无产阶级，回到旧社会去罢了"。这段话的深刻性在于，鲁迅清晰地说出了革命文学从属于无产阶级整体社会地位和阶级利益的根本关系。并且，这也是检验革命文学的政治性质的一个试金石。脱离无产阶级整体社会地位和阶级利益的所谓革命文学，实质上只能是堕落轮回的旧文学。第二是必须扩大斗争的战线和范围，与旧文学展开全面的斗争，而非仅是革命文学自身的内讧。鲁迅强调的既是斗争的策略，也是斗争的战略。革命文学要夺取的是意识形态的全面话语权，而不是争夺同一阵营内部谁是正确的代表或一尊的地位。第三应该养成革命文学的新势力新战士，并且用努力持久的韧性精神创造出革命文学的新实绩。鲁迅反对的是浅尝辄止、满足于既得利益的"空头文学家"。这产生不了真正有力量的革命文学和无产阶级文学。最后，鲁迅尤为尖锐地指出，只有共识认同的目标和理想才是革命文学共同体（联合战线）的"必要条件"，必须将"工农大众"的利益目标当作革命文学联合战线的核心价值，以此为纽带结成联合和统一，坚决杜绝盲目或小团体、个人利益作祟的影响。显然，鲁迅所说种种都是有针对性地防止左联重蹈革命文学论争发起者的覆辙。这也是更高意义上的左翼文学世界观和价值观的体现。作为曾经的革命文学论敌的鲁迅，在左联成立之时倒是给革命文学者上了一堂革命文学理论和正确政治立场的"党课"。

在脱胎于传统文学趣味，转型为启蒙文学、个人主义文学直到无产阶级革命文学的发展、演变道路上，鲁迅最终建立了自己的根本立场和价值观。文学的价值观和无产阶级的整体利益形成了一个利益相关的共同体。加入左联，意味着鲁迅完成了自己的政治站位立场选择。此后，无产阶级文学共同体内部及其共同利益的歧义论争和斗争，成为鲁迅生命最后阶段的文学、思想和精神人格的重要表达方式。多少渴望和期待、痛楚和隐忍，都在其中，也多不可示人。只是鲁迅道路的主流和基本面向，已经到此完成了他最后的定型。他的痛楚，也就成为他所投身的革命政治的代价。有关鲁迅晚年的分析和研究，在政治和文学的范畴上，都具有了特别复杂的意义，其中的思想和学术的价值，需要自由而从容的语境才能充分探讨。在我个人的能力所及范围内，也是到此并未完成。或许未来还会写一本《上海鲁迅：在政治和文学的湍流中》，就从鲁迅的南下之旅说起，经广州到上海，定居上海，直到去世。走向政治、左翼文学的道路，显然是鲁迅离开北方之后的主要航道，并全程贯穿了他的晚年和生命的终止。其中的关键是鲁迅如何调适、修正着自己个人与左翼政治的关系，如何坚持、捍卫着左翼文学的文学品质及其意识形态性包括其中的政治核心价值实现。上海鲁迅的晚年示范了一种个人色彩和特质的左翼文学实践方式，成为中国现代无产阶级文学发展的一种特殊经验和历史遗产。

当然还须认识到一个客观事实，鲁迅并没有来得及面对和思考左翼政治获得国家权力后的问题。左翼（政党）成为国家主流权力后将产生什么问题？我们后来发生的社会主义国家文学建设的实践和挑战诸问题，这是鲁迅没有充分或现实条件去真正深入思考的问题。鲁迅面对、倾向、参与的是批判和革命的左翼，是遭遇权力的迫害和杀戮的左翼，他站位的是这种对峙和反抗主流权力的左翼。延伸到较长时段看，在中国现代历史语境中，鲁迅的政治思考遗产因其前置条件的自然限制，实际价值仍有所限，不宜过度放大。

　　从文学和学术层面看，五四新文学后的广义左翼文学直到1949年后的中国大陆文学，其中的（政治）丰富性确实还有待挖掘和呈现。若干年前开始迄今未绝的左右之争、之论，从最初表面的激烈到后来潜流的分歧或模糊，连动机都变得分裂、暧昧或可疑了。但后果最大的影响之一，还是对立场的自觉或被迫的选择，感性或直觉的认知态度在很大程度上相对减弱了对于左右政治实践、经验和理论的冷静、从容的考虑。如果最低限度上，左右之争能以极端方式提醒中立学术立场探讨问题价值的重要性，也许仍会带来当代文学研究的新生面。至少避免使得文学和学术只能成为一种新的政治正确的论证而已。回到常识看，文学和学术最该进行的恰是思想的质疑或再思考。但同时，文学和学术也并不预设特定的反对立场，并不预设反政治正确。尤其是文学的方式，是在以独特的、可能还是内在的矛盾方式表达政治，甚至不惜自我对立，达成一种不确定性的政治（表达方式）。所以，文学常会在（政治）现实中付出始料未及的代价，这几乎就是一种必然的规律。鲁迅文学即如此。鲁迅论文学与政治的权力关系，认为现实中后者总会打压且战胜前者，但最终前者才是获胜者，因两者的价值实现目标不同；文学最终指向的是普遍性、超越性、非功利性的目标，文学不需要、也不预设自我颠覆的使命。而后者（政治）的动力在于不断地革命，为了革命的目标，必须功利性地自证正确，在历史流程中必然会爆发自身内部存在着的自我更新、更生的斗争，同时也就包括艰难、残酷的自我否定甚至毁灭。这是鲁迅作为一个伟大文学者的深刻政治思考和逻辑勾勒。限于个人能力，我只能粗浅地认为，左右之争或政治、党派站位的学术功能，应该是有效地帮助我们进一步打开和提升思考的丰富性、开放性，警惕政治封闭的极化和固化，兼收并蓄人类文化的历史积淀和精神成果。学术政治有其原则性、底线性。每个时代的学术都会有政治后果，倒不必在乎一时的起伏进退，历史或人文学术有内在系统的调节功能，治乱也罢，钟摆也罢，只是需要时间。这就是历史，也是现实。鲁迅既是一个现实主义者，也是一个历史主义者。他能看清政治及政治与文学的关系，选择了具有政治倾向和站位的文学事业立场的坚守。

生平简谱

　　1931年1月20日—2月28日，离寓避祸（因柔石等此前被捕）。4月下旬，和冯雪峰编定《前哨》创刊号，发表《中国无产阶级革命文学和前驱的血》。同时，应史沫特莱约请，为美国刊物作《黑暗中国的文艺界的现状》。8月中旬，邀请日本专家为中国青年美术家讲授木刻技法，并自任翻译。12月中旬，主编左联刊物《十字街头》创刊。

　　1932年1月30日—3月19日，因"一·二八"战事威胁，离寓多处避祸。4月下旬，编定《三闲集》《二心集》。11月中下旬，北京探亲。北京期间，演讲多次。同月接待瞿秋白夫妇来寓避难。12月中旬，编定《两地书》，次年4月出版。

　　1933年1月6日，参加中国民权保障同盟会议，后任上海分会执行委员。2月17日，参加宋庆龄寓所的欢迎英国作家萧伯纳的午餐会。4月11日，迁居施高塔路大陆新村9号（直到去世）。7月，瞿秋白选编作序的《鲁迅杂感选集》出版。10月，出版《伪自由书》。年底，编定《南腔北调集》。

　　1934年3月，出版所编苏联版画集《引玉集》；为青年木刻家的《无名木刻集》作序等。7月中旬，编定中国木刻选集《木刻纪程》。8

月上旬，主编《译文》月刊创刊。8月23日—9月18日，离寓避祸。8月，创作历史小说《非攻》。10月，因《二心集》被审查删除多篇，删存部分篇什改名为《拾零集》出版。12月，《准风月谈》出版；和郑振铎合作印行《十竹斋笺谱》。前后几年里的各种译作、编译、编辑出版甚多。

1935年2月中旬，始译果戈里《死魂灵》，陆续发表出版。5月，《集外集》出版（杨霁云编，鲁迅校订作序）。6月，日本佐藤春夫和增田涉合译的《鲁迅选集》在日本出版。8月，所译高尔基《俄罗斯的童话》出版。9月，编定所译契诃夫小说集《坏孩子和别的奇闻》（次年出版）。《门外文谈》出版。10月，为纪念瞿秋白始编辑其译文集《海上述林》。11月末，完成历史小说《理水》。莫斯科传来解散左联的消息。12月，编定《花边文学》（次年6月出版）；创作完成并编定《故事新编》（次年1月出版）。编辑《集外集拾遗》《且介亭杂文》《且介亭杂文二集》。

1936年1月，合作编辑的《海燕》月刊出版。2月，续译《死魂灵》。6月，参与联名发表《中国文艺工作者宣言》。9月20日，参与联名发表《文艺界同人为团结御侮与言论自由宣言》。10月上旬，参观第二回全国木刻流动展览会；17日，未完绝笔之作《因太炎先生而想起的二三事》。19日，病逝于寓所。终年56岁。

文学传述

上海鲁迅，或者说鲁迅晚年的主流面向，在他的生平简谱中可以看得很清楚了。也许我用瞿秋白（1899—1935）选编的《鲁迅杂感选集》序言的说法来概括鲁迅最后的主要思想和立场归属会最有说服力；

其时鲁迅还活着,瞿还是鲁的最亲密朋友之一。瞿秋白是为鲁迅的杂文集写序,主旨当然在于评价鲁迅杂文的贡献和地位,他的评价尤其重在历史文化和社会政治的层面。但在这对于杂文的评价背后,瞿秋白非常明显地是在勾勒和评价鲁迅的人生、思想的历程与变迁,尤其重在对鲁迅政治立场、阶级立场和世界观的历史转型发展的评价。杂文其实是鲁迅社会政治立场的文学性写作方式和表达方式。也就是说,从杂文文体中应该看出的是作为"革命的作家"鲁迅的"杂文政治"和"人生政治"的多重内涵。瞿秋白如此评述和概括:

> 鲁迅在最近十五年来,断断续续的写过许多论文和杂感,尤其是杂感来得多。于是有人给他起了一个绰号,叫做"杂感专家"。"专"在"杂"里者,显然含有鄙视的意思。可是,正因为一些蚊子苍蝇讨厌他的杂感,这种文体就证明了自己的战斗的意义。鲁迅的杂感其实是一种"社会论文"——战斗的"阜利通"(feuilleton)。……作家的幽默才能,就帮助他用艺术的形式来表现他的政治立场,他的深刻的对于社会的观察,他的热烈的对于民众斗争的同情。不但这样,这里反映着"五四"以来中国的思想斗争的历史。杂感这种文体,将要因为鲁迅而变成文艺性的论文(阜利通——feuilleton)的代名词。

> ……鲁迅是莱谟斯,是野兽的奶汁所喂养大的,是封建宗法社会的逆子,是绅士阶级的贰臣,而同时也是一些浪漫谛克的革命家的诤友!他从他自己的道路回到了狼的怀抱。

> 鲁迅和当时的早期革命家,同样背着士大夫阶级和宗法社会

的过去。但是，他不但很早就研究过自然科学和当时科学上的最高发展阶级。而且他和农民群众有比较巩固的联系。他的士大夫家庭的败落，使他在儿童时代混进了野孩子的群里，呼吸着小百姓的空气。这使得他真象吃了狼的奶汁似的，得到了那种"野兽性"。……他从绅士阶级出来，他深刻地感觉到一切种种士大夫的卑劣，丑恶和虚伪。他不惭愧自己是私生子，他诅咒自己的过去，他竭力的要肃清这个肮脏的旧茅厕。

新文化运动的领袖，大家都不免要想做青年的新的导师；而诚实的愿意做一个"革命军马前卒"的，却是鲁迅。

……新兴阶级的文艺思想，往往经过革命的小资产阶级作家的转变，而开始形成起来，然后逐渐的动员劳动民众和工人之中的新的力量。集中新的队伍，克服过去的"因袭的重担"，同时，扩大同路人的阵线。

……这时期有争论和纠葛转变到原则和理论的研究，真正革命文艺学说的介绍，那正是革命普洛文学的新的生命的产生。而还有人说，那是鲁迅"投降"了。现在看来，这种小市民的虚荣心，这种"剥削别人的自尊心"的态度，实在天真得可笑。

……鲁迅现在说："我有一件事要感谢创造社的，是他们'挤'我看了几种科学底文学论，明白了先前的文学史家们说了一大堆，还是纠缠不清的疑问……以救正我——还因我而及于别人——的只信进化论的偏颇。"（《三闲集》:《序言》）

鲁迅从进化论进到阶级论，从绅士阶级的逆子贰臣进到无产阶级和劳动群众的真正的友人，以至于战士，他是经历了辛亥革命以前直到现在的四分之一世纪的战斗，从痛苦的经验和深刻的观察之中，带着宝贵的革命传统到新的阵营里来的。他终于宣告："原先是憎恶这熟识的本阶级，毫无可惜它的溃灭，后来又由于事实的教训，以为惟新兴的无产者才有将来。"（《二心集》：《序言》）

基于马克思主义的政治立场，着眼于世界无产阶级、共产主义运动的发展背景，在中国近代政治革命的历史流变中，从阶级论的思想坐标定位和阐释鲁迅的世界观、人生道路的演变，这是瞿秋白序言的行文主干。序文写于1933年4月。也在此前后，鲁迅以前人名句书赠瞿秋白："人生得一知己足矣，斯世当以同怀视之。"可证两人相知相得之深。我想强调的是，通过瞿秋白的激情序文，我们可以确认鲁迅对于自己的政治立场和世界观的自觉意识及坚定态度。这也就是我一再说的鲁迅思想发展的主流面和宏观面。

同时，通过瞿秋白的序文也可以看出，瞿是非常重视鲁迅人生和思想历程中的个人经验性和实践性意义的。世界观和政治立场问题绝非主要只取决于理论性认知的动因，否则就很容易陷进教条主义的泥淖陷阱。从常识可以明白，理论并不能圆满解决或回答全部的实践问题，我们所面对的鲁迅晚年的复杂性并没有、也不会就此消失。也许，矛盾性、冲突性的种种不圆满、不统一、不和谐等，倒就此成为鲁迅晚年的更为敏感性或常态化的问题。

也就是说，瞿氏序言的重心和启示还在于，从文化层面的思想启蒙政治向社会革命层面的阶级论政治的转换转型过程中，明显看出鲁迅对居于社会中上层、拥有文化特权、与权力勾搭、脱离基层底层民间社会生活实感实况的知识阶层、文化精英、上流人士包括昔日启蒙战友的失望、厌恶和极度不信任。他要完成的是自身始于五四时期（《新青年》分化）的一种持续性转型过程：从士大夫到知识分子、从知识分子到社会革命者、从思想启蒙到阶级斗争、从个人主义（自由）到普通社会民众和无产阶级解放的政治观念及其立场的转向转型。由此重建鲁迅的个人—阶级政治。这也是一种政治伦理立场。这一个人—阶级政治的核心，正与左翼政治重叠相合。与此同时，个人主义与阶级观念的对峙、互搏、消长、妥协或统一种种，成为鲁迅文学政治生活中的主要矛盾表现。

当然，面面俱到的讨论不是我这本书的方式。十分遗憾的是，鲁迅去世得实在太早了。只是，鲁迅的生命过程显示了，他的生命价值包括其文化创造价值、思想创造价值，已经得到了非常充分的实现。他的早逝并不妨碍我们对于他的生命价值的整体性体认和评价。那么，作为一个作家和文学家，鲁迅留下的遗产，一般看来最突出的，除了小说，应该就是杂文了。最后，我也就来再谈谈杂文，鲁迅的杂文。同样，我并不想一般地泛论杂文，我的方式是扼要谈谈有关鲁迅的杂文文体的创新性贡献，可能仅是姑妄言之的一点粗浅看法。

鲁迅晚年（1935年年末至新年元旦）大略亲自统计过自己的杂文写作量："今天我自己查勘了一下：我从在《新青年》上写《随感录》起，到写这集子里的最末一篇止，共历十八年，单是杂感，约有八十万字。后九年中的所写，比前九年多两倍；而这后九年中，近三年所写的字数，等于前六年。"（《且介亭杂文二集·后记》）这段引文是很有名的。即便有人不怀好意地在贬义上称鲁迅为"杂文家",其实也是对鲁迅杂文写作及地位的一种认定了。

鲁迅是中国现代杂文写作中的典范作家,也是最早以杂文为业、以杂文成名、以杂文奠定地位的典范作家。鲁迅杂文一般可追溯到《新青年》的"随感录"。可见最早的杂文或说杂感,只是《新青年》的一个栏目名称,没什么可以过多阐释的,况且并非只有鲁迅一人才是"随感录"的作者。但此后在新文学的写作中将这一文体持之以恒、发扬光大的作者,当推鲁迅为最著,也最有影响力,并且也是鲁迅才使杂文成为新文学的一种成熟、独立的写作文体。如上述,鲁迅晚年自述,随着写作时间的推移,他的后期杂文数量远要比前期多得多。褒贬参半的杂文家之名,涵义歧见。但在鲁迅自己,他最终是要把杂文抬进文苑的。鲁迅坚信,杂文是一种文学写作,既非政治宣传,也非私人攻讦,尤其是批判性的杂文,其义乃在公仇公义,同时不失为文体的新创。也可以说,从现象上看,鲁迅杂文已经把这一文体的文学性发挥到了极致,同时杂文的文体边界也拓展到了几乎无限性的程度。这给了我一点谈论杂文的启发。

先从简易的方面谈,但也不过主要只是提出一个疑问而已。杂文是一种文学文体吗?我提出这个问题并不意在要求回答,可能我自己首先就回答不了。何谓文学文体首先就难回答。但不妨从反面思考,杂文算是文学文体的话,会导致什么后果?我们从鲁迅的杂文写作内容和形态来看,可以说完全无法确定其实际边界,毫无限制,甚至连经验性的边界也没有。也就是说,鲁迅杂文是不存在任何确定性和经验性边界的。这就产生了一个问题,如果一种文体的边界可以模糊到失去边界的话,这种文体就是一种以跨界为特征而不能以特定文体界定或命名的一种写作文体,也就是杂文的本性就是一种广义的文章体式而非特定或有限性的文体。如此，杂文可以是文学文体，但又绝不是文学文体可以概括、涵盖或命名的。换言之，杂文也可以不是文学文体。如果把杂文看作或定义为文学文体，我们面临的问题就是，文学文体的边界将不复存在。这几乎等同于取消了文学文体的审美性和独立性的存在。而且，文学文体的有效性和确定性，就会从理论和学术范畴中几近消失，无可、无从讨论了。这种后果使我对杂文文体在完全意义上归属于文学范畴充满了疑虑和担忧。总觉得有点冒失。为什么不能把杂文视为文章一体，而一定要将之完全归属为文学文体呢？我以为在逻辑分析以外，也许我们不同程度上存在着文学文体优越性的误区，强行或不自觉地把杂文完全划归文学范畴才算心安理得。其实，文学文体固有其特定优越性，但绝不是文体等级制观念合理化的理由。一般意义上，文体应该并无优劣高下，文质相合就是好文章、好作品。否则，非文学文体的文章岂不就会低人一等？这种文体歧视的态度和观念，侵害的其实是所有文体的写作，甚至也包括了杂文和文学的写作本身，它连累到杂文和文学失魂落魄，漫无边界，无所适从，最终丧失文体的基本价值归属和独立地位。满心期待的审美性评价也就跟着落空了。所以，我的看法是没有必要用文学文体来定义和评价杂文，仅视其为文章一体；有无文学性并不重要，但不妨于杂文也可以是文学作品。将之引入对于鲁迅杂文的评价，我的结论是，鲁迅杂文新创、实践了一种崭新的文章体式，杂文同时扩展了文学性的表现方式，并对文学文体的内涵和外延产生了文体意义上的影响，文体和文学的观念与实践（也有可能）因此形成了文学史的创新突破。

进一步说，杂文对于鲁迅意味着什么？我也无意全面讨论鲁迅杂文的意义，仅从一点，从小说的角度来谈鲁迅的杂文特殊性。先直接抛出我的观点：某种意义上说，杂文是鲁迅小说的替代性文体，或替代性写作方式。

　　刚说了杂文是文章一体，是多以文学性为特征的文体之一，但不宜断然视之为完全意义上的文学文体（作品），其文学性需要视具体作品而下判断。也就是说，杂文可以不是文学（文体）。文体边界的消失将导致杂文和文学的文体地位及文体价值的丧失。鲁迅杂文的意义在于，由此确定了他不仅是杂文宗师，同时也是文章大家、文学巨匠。后者意味着鲁迅使杂文具有了独立性（文体地位和价值），也获得了文学性（成为文学史文体）。对此，我尝试简略提供一个具体的也许是并不成熟的理解和阐释的路径。

　　从文体兴起和创新的角度看，一般多将杂文的来路分为中国传统文体和域外舶来文体两相杂糅而成，最终成就为中国新文学文体之一种。这种看法自然是很正确的说法，且从新文学早期开始就有了这一观点。大而论之，新文学的所有文体都可以视为中国传统文体和域外舶来文体的两相杂糅而成。新文学文体当然既非传统文体，更绝非外国文体；一定是中外古今文体的现代化、现代性的创新文体。杂文同样概莫能外。所以，时至今日的一切此类说法，宏观上正确，实已无此必要，其中的有效学术价值和理论创见性早已十分稀薄。只是循着这一思路，我觉得需要也可以有一种新的想法来具体聚焦对于杂文的观察视野。如我上述，如果主要将杂文视为文章一体，而不限于文学一体的话，再考虑到鲁迅乃是现代小说之学的治学大家和现代小说创作的开山大师，走进杂文的新路径也许就此隐约出现在了眼前——杂文何妨更近于来自中国的古代小说观念和小说实践的源头。

　　广义地、"低级下流"甚至不入流地理解到中国古代小说观念和小说实践的文化涵义及地位，就能理解古代小说和现代杂文的历史血缘与文章亲缘关系了。何为小说？中国古代的传统主流观念一向是很分明的。不烦赘引文献，仅从鲁迅《中国小说史略》一书中寻章摘句，大致也能引出我的拙见。主要见于《史略》第一篇"史家对于小说之著录及论述"中的引文和鲁迅的看法。虽说最早的"饰小说以干县令"与后来的小说（近现代文学范畴的小说）根本有所不同，此小说非彼小说。其所指，实谓"琐屑之言，非道术所在"。但从文化隐含意义上说，这也使得后来的沿用小说一词（概念）不能不烙上了一种文化底层出身的身份痕迹。文化所指惯性也就是语言的约定俗成规律。小说的性质和范围不能不体现为一种向下的价值和地位流向。

一是文化等级的低下，这又含有道德地位的判断；二是言说方式（近似文体形式）的粗鄙无文。换言之，就是民间日常生活中的低俗之说吧。这可说是从内容思想到形式表达都对小说作出了价值低评（如果不说是负评的话）的引导和暗示。当后世沿用小说一词时，不能不考虑其既定语义的固有来源所指。这注定了小说的传统文化价值地位。《汉书·艺文志·诸子略》著录十家，认为"可观者九家而已"，排斥了小说家。并且还对小说家进行了专门评论："小说家者流，盖出于稗官，街谈巷语，道听途说者之所造也。孔子曰，'虽小道，必有可观者焉，致远恐泥。'是以君子弗为也，然亦弗灭也，闾里小知者之所及，亦使缀而不忘，如或一言可采，此亦刍荛狂夫之议也。"可见"小说家"的文化等级和政治等级，都很低下——但同时，也都有社会价值，至少代表了民间底层的粗鄙直言。汉唐之后，所谓小说的分类渐趋繁多，小说写作也随着"文学的自觉"而自觉——这就越来越近于后世、现代的小说范畴及形态了。同时，小说之学渐成专门专家之学。到了晚近的新文化、新文学运动时期，域外西方的现代文学观念及小说形态一统天下，现代小说创作和小说研究（学术）包括鲁迅的《狂人日记》《中国小说史略》就成为中国文学启蒙的示范、经典之作了。

但这种文学观念、作品形态、小说价值观乃至学术标准的历史性转变，也就意味着最早的古代小说渐渐全面退出了后世、现代的文学范畴。又可谓此小说非彼小说也。中国古代小说的流变也就自成一脉、自成系谱的历史——文学正史里倒是找不见、没有小说的地位了。事情就是这么的怪哉，一方面是小说全面发展成熟了，一方面则是小说固化了不入流的价值地位。这也为"文学革命"时代胡适重建中国文学史观的"白话文学正宗说"提供了纠正历史偏颇不公正的说辞。

但中国古代小说实际当然并未消失绝迹，只是分途变相发展了。远的不说，它在新文学里还魂附体在了鲁迅杂文上了。古代小说的现代流脉在新文学里明显分流二途，一是借助白话文学（小说）革命之势与域外（西方）现代小说合流而成新文学新小说文体，是之为现代小说；一是在涵义、功能和方式上都近似复兴了中国古代小说之义而新创制出了杂文新文体。杂文，就是古代"街谈巷语，道听途说者""刍荛狂夫之议"的小说。现代杂文承袭的就是古代小说的社会批判功能和文体表达形式。当古代小说专业化发展成近现代小说后，古代小说之义之形也渐渐失落了自己曾经的生命体，几乎就沦为最为边缘化、非主流的亚文化写作。但这种文化和历史地位却也无形中强化、造就了它的批判性价值。所谓批判性近乎反主流价值的离经叛道，往往寄生、托体于非正统的民间思想、民间文艺的形态中。作为主流正统思想和"高等"文体的对立面或参照系，小说的分途流变、分身赋形都完善或获得了自己的新生命，并一举在新文化新文学革命中，经一役而毕全功，成为新的文学正宗主流文体。其中，尤以杂文为最显著。

正如此，我倾向于认为，鲁迅杂文、特别是后期的杂文写作，某种意义上和他新文学高潮时期的小说写作如《呐喊》《彷徨》一样，殊途归一，都是一种小说/杂文的合体或变体写作——杂文即为古代的小说，古代小说复活在了现代的杂文中。换言之，杂文既是新创文体，又是古代小说的现代性回应——古代小说的性格品质汇入了世界现代文学观念及小说文体，融汇创制出了中国现代小说和文章新体即杂文。我以为这是鲁迅杂文的一个历史性贡献。至少有着文学史和语言表达文体（文章体制）上的双重贡献。小而言之，从中可以理解鲁迅后期渐渐放弃了写作现代小说的努力，因为杂文可以充分替代小说的功能——并且是超越了狭义、单纯的文学范畴和意义的更为直接有力的社会政治功能。

　　说到这里，另外有个想法也就冒出头来了。杂文的新创机制和它的最为强大、最为显著的文体功能有关，即杂文是最适宜用于笔战的一种现代报刊文体。与一般政论、议论或随笔、散文不同，杂文是一种以时论为旨趣、关涉社会利益、面向广泛人群的论说文，写法上集议论或散文的所有特性于一体，尤以当下社会关怀的具体批判性为主要表现特点，动机立场的倾向性十分鲜明，所以杂文的写作或广义的生产机制必然与社会问题、现实批判、思想论战有关，即杂文之作是有实际对象和具体论敌的。这就要求杂文必须以其社会价值的最大实现为传播目标。很大程度上这也是对杂文的写作方式和表现技术的要求，即杂文必须注重文艺性的方式和技巧，文质并备兼美，以增强杂文的论说力。犹如瞿秋白说的鲁迅杂文："杂感这种文体，将要因为鲁迅而变成文艺性的论文（阜利通——feuilleton）的代名词。自然，这不能够代替创作，然而它的特点是更直接的更迅速的反应社会上的日常事变。"概言之，这是杂文作为现代文体的兴起、成立的根本原因和社会基础。否则便难免会如孔子所说，言之无文，行而不远。因此，论说鲁迅杂文的文体创造性贡献，尤须注重杂文的孕育、诞生、成长、成熟的社会文化机制作用——文艺性的笔战（社会批判）。

这也就意味着，杂文的成立当然与鲁迅有关，但鲁迅杂文的贡献不是他个人单面建立的，也不仅是他的杂文单独建立的；我们应该在"笔战的关系"中看鲁迅杂文和中国现代杂文的成立。即鲁迅是与他的笔战论敌一起共创、共建了现代杂文。杂文固是广义散文、文章一体，但它的狭义功能，或最显著的功能则是一种批判性主旨的笔战文体。杂文是在（鲁迅一生的）笔战中成长、成熟起来的。因此，必须同时重视、充分评价鲁迅笔战论敌对于杂文的贡献。于是，类似《西滢闲话》这类文章，也就有了新的价值评价视野。须注意的是，这并非在重做是非对错的价值重估甚至翻案文章，也不在单纯评价《西滢闲话》之类的内容或形式的价值，而是从特定文体的新创历史关系着眼立论，以为《西滢闲话》等和鲁迅杂文一起构建了杂文生长壮大的社会关系环境和文体生产机制。我的重点在谈杂文成立的动力机制，并不在重新评价各自的作品本身价值。

也许我并没有充分说清、论证鲁迅杂文和中国古代小说的文体血缘关系，而且还应该要将所谓论敌关系之于杂文的重要性予以更加展开、翔实的文学史讨论。但现在也不着急吧，先试着提些疑问猜想也无妨。一时无正解的困难姑且留待日后解决，纠结过甚并无大益。给自己松绑，缓缓手，转入收尾的一个话题吧。

人到晚年，朋辈离散渐成常态，悼亡之作往往出自中老年写作者之手。鲁迅的悼亡之作有好几篇，包括晚年的《忆韦素园君》《忆刘半农君》等，都是名篇。临终之年还有《关于太炎先生二三事》这样的大手笔。其实《白莽作〈孩儿塔〉序》甚至《海上述林》上下卷的序言，也都可谓悼亡之作。此类文章中堪称一生绝笔、还是未完成的绝笔之作的《因太炎先生而想起的二三事》，同样是与悼亡题旨深切相关的名篇。也许因为前不久刚写过了《关于太炎先生二三事》，这一篇就有点不一样的侧重了，看已成的主要内容，更像是与"我"有关的回忆之作了。"我"在留日时期正是太炎先生的入门弟子，而且还可称是"革命师弟"。那么视之为鲁迅自抒胸怀平生的生命绝唱，也可以吗？

《因太炎先生而想起的二三事》是追忆留日时期的"排满"革命生涯。已成篇幅中着笔最深刻的是"辫子"的话题。这正是当年太炎先生领导"革命"所针对、聚焦的标志性符号。可惜，文章几乎是刚开场就中断了。从文中提到的"排满的学说和辫子的罪状和文字狱的大略"等，还有中断处提到的黄克强（兴），我倾向于认为这篇主旨本该是为抒发壮怀激烈的政治情怀的生命绝唱。晚年鲁迅的政治走向和立场，临终时的人间告白，鲁迅已经不需要再掩饰自己的人生归属了。生命终点的感怀而深情的回忆，也就是一篇返身自顾的《为了忘却的记念》文字吧。

在《为了忘却的记念》中，史上所称的"左联五烈士"都提到了。尤其是白莽（殷夫，1910—1931）、柔石（1902—1931），不仅是鲁迅的文学后辈，而且可称是政治上的革命同志。他们的死，赋予了这篇文章悲愤交加、苍凉压抑的叙述基调，但同时，义无反顾、一往无前的政治姿态并未有丝毫改变。甚至，这篇悼文也是一篇宣言，再次宣告了鲁迅的政治站位和他的信念："夜正长，路也正长，我不如忘却，不说的好吧。但我知道，即使不是我，将来总会有记起他们，再说他们的时候的。"鲁迅显然是有政治信仰的。这种信仰使他成为一个政治上的理想主义者。包括现在，鲁迅知道白莽、柔石们是赴刑而死的。他在为他们留下这些文字的同时，也为自己写下了墓志铭。临终前，他还有过一篇叫《死》的准遗嘱文章，其中说道："不要做任何关于纪念的事情"。这也是一种"为了忘却的记念"吧。他对未来有期待。无怪乎从此之后，鲁迅总会在中国的重要时刻被提起，被纪念。鲁迅研究还成了一种专业学术，我的博士学位论文（1989—1990）就是写鲁迅的。呜呼！鲁迅已死。我们以为走在鲁迅的方向和道路上，但不清楚是否倒离鲁迅越来越远了，甚至背道而驰。留待以后再说吧。

（以上"生平简谱"部分主要参考《鲁迅全集》第十八卷，《鲁迅生平著译简表》，北京：人民文学出版社，2005年。）

第二部分
《朝花夕拾》分篇解读

《朝花夕拾》收录了鲁迅于 1926 年写的 10 篇散文。1928 年初版，列入鲁迅所编的《未名新集》中。10 篇散文的篇名依次如下：《狗·猫·鼠》《阿长与〈山海经〉》《二十四孝图》《五猖会》《无常》《从百草园到三味书屋》《父亲的病》《琐记》《藤野先生》《范爱农》，篇首有《小引》，篇末缀《后记》。从写作时间和出版形式来看，这部散文集是鲁迅的一次自觉的写作和出版行为。

除单行本出版外，《朝花夕拾》主要还收入在各版《鲁迅全集》中。最早的《鲁迅全集》20 卷于 1938 年出版。目前比较通用的权威版本《鲁迅全集》有人民文学出版社 1981 年出版的 16 卷，2005 年出版的 18 卷。此外也有其他出版社出版全集，还有各种电子版等。

本书采用的是人民文学出版社 2005 年版《鲁迅全集》。

一、《小引》《后记》：管窥创作心态和背景

鲁迅《小引》自述，10 篇作品分两地创作，前五篇写于北京，后五篇写在厦门。《小引》写于次年（1927 年）的广州。从写作过程和《小引》的语调推测，鲁迅的心情并不愉快，或说还有点郁闷。他说，其中的三篇是"流离中所作"，后五篇是遭到排挤打击之后写的。写作过程"或作或辍"，多有不顺吧。至少，我们可以认为，鲁迅要交代和给人的印象，是自己在写作过程中的种种不如意、不顺心。这就难怪多篇作品行文都有情动于中而怒形于色的明显感性表露。写作难免留

下当下性的情绪或思想的痕迹。真近于所谓的风格即人格吧。

至于写的内容，鲁迅说的是"回忆""记忆"。这些作品在《莽原》上首发时，冠名是《旧事重提》，结集初版时改题为《朝花夕拾》，也都是重在忆旧之意的。那便是一般所谓的回忆散文了，也是广义的文章或文学一种，即具有创作性质，很难说就是自传——自传应该至少在主观上要认定为真实性意义上的写作。鲁迅后来计划编辑自己的文集目录时，也是把这部作品归列为"创作"类——与《呐喊》《彷徨》《野草》《故事新编》同类的五种创作之一。（鲁迅在《鲁迅自传》〔《集外集拾遗补编》，1930年〕、《自传》〔同前，1934年〕中均称之为"回忆记"。又见鲁迅自编《"三十年集"编目二种》〔同前，1936年〕等。）

怀有那么一点郁闷心情的回忆之作，笔调流露出间杂着感伤抒情和沉郁凝重的缠绕、回旋的风格，该是很自然的了。这也是内心衷曲的一点释放和排解，尤其是个人生活、生命史的回忆，写作者的姿态不仅回首过往，也在以此对应、清理和洞察现实，并隐隐地眺望未来。清理了来路，同时不妨看取了前程。基调不算壮怀激烈，也未必就全是低沉的了。一旦拿起了往事，写作的思绪就已经穿越了历史，飞向精神的辽阔之域。不妨以鲁迅自谓的五部创作集的基本面向来比较一下，或能简要说明、看清《朝花夕拾》的特殊性。（近年看到的有关《朝花夕拾》的研究文章，如叶诚生：《〈朝花夕拾〉中的儿童叙事及其文体功能》，《齐鲁学刊》2019年第1期；陈思和：《作为"整本书"的〈朝花夕拾〉隐含的两个问题——关于教育成长主题和典型化》，《杭州师范大学学报》〔社会科学版〕2021年第2期。）

《呐喊》《彷徨》的现实面向非常鲜明，题材题旨写法修辞，在基本面上相对比较容易把握住大概，虽然各自的深浅会有所区别吧。这从两部小说集的名称上就能直观体会到的。几乎就像是一种对照，《野草》远离了题材的写实，内倾化和象征性的程度极为明显，一下子就和《呐喊》《彷徨》的外在写实性形成了美学风格上的强烈反差、反衬。个人、个体的特殊经验色彩及审美表达方式，在内容和手法上都张扬得格外极端，甚至有点近于梦呓、玄想的特殊心理写作色彩，显然不能使用解读《呐喊》《彷徨》的方式来理解《野草》的思想和美学了。所以早有学者称《野草》是鲁迅的"哲学"，（前不久看到的有关文章见陈云昊：《〈野草〉诠释的思想史转向——评孙歌〈绝望与希望之外：鲁迅《野草》细读〉》，《中国现代文学研究丛刊》2021年第2期。其中有对相关论题的学术史扼要梳理和评述。）或即文学方式表达的哲学思索。这有点道理，虽然我并不因此认为鲁迅是一个哲学家，他并没有真正哲学方式的著述。毕竟还是一个文学家。伟大、杰出的文学家当然不妨同时成为思想家的。这是要强调文学家（鲁迅）写作的深刻性和广博性。我觉得这是鲁迅创作中的两个极端吧，可以看出鲁迅文学的创造空间和美学张力确实十分的广阔而巨大。同时也证明了鲁迅的文学已经进入了与世界现代文学同步共振的前沿位置，代表了中国文学与世界文学的融会合体。尤其是在文学的现实关怀、个人命运思考、美学价值趣味方面，鲁迅都突破了本土形式局限和传统审美范畴，将民族性的中国元素（包括国家、社会、个人）融化为世界现代文学的有机成分。鲁迅由此成为中国新文学的开山宗师，同时也为世界文学的杰出大家。（去年就此和朋友们探讨过，参见吴俊：《再论"越是民族的，就越是世界的"——从鲁迅的信说到跨文化传播》，《文艺争鸣》2020年第6期。另见傅谨、高方、吴俊：《重新审视"越是民族的，就越是世界的"》〔对话〕，《浙江学刊》2020年第4期。）

在这样一种文学格局中，《朝花夕拾》呈现出的是一种个人史的写作风格。所谓个人史，和鲁迅自谓的"回忆""记忆""旧事重提"有关。既称史，潜台词就是写作内容有相当连贯性的长度，短制也彼此各有关联，而且具有相当的真实性，虽然并不完全排斥虚构。个人史，就是个人真实的过往记载（历史），或即人生经历吧。但并不意味着细节、具体情节、人物等的客观真实性。其中或多或少会含有主观经验的成分，包括叙事方式也是主观性的——因为是文学性体裁，这种个人史便成为一种主观修辞、审美色彩强烈的文体，而其依托的底色主要还是真实的个人经历经验。就此而言，可以认为个人史是作者用叙实的方式将自己的生命经历经验化作当下情感、思考和价值观的一种表达；也可说是当下情感、思考和价值观成为个人经历经验的一种提升表达动力，并借助于叙实的方式得以充分实现。个人史跨越了现实和精神的层面，兼有个人、历史、当下的表达维度，而且文体上还获得了很大的自由度。虚构和写实，在个人史作品中是合为一体的；具体经验和抽象精神，在个人史作品中也是融会贯通、不着痕迹的。这种文体所具有或流露出的心态、技术特征，在《朝花夕拾》中都分外明显。《朝花夕拾》因此显得别有意趣，在鲁迅作品中独树一帜。晚年，他曾表示还想写一部回忆作品集，也写成了几篇（包括《我的种痘》《我的第一个师父》等），但终究因病早逝没能如愿成就完璧。《朝花夕拾》成为鲁迅唯一的个人史完整作品集。

最后还要提的是《故事新编》，我把这部故事集称作鲁迅对于中国文明史早期的一种文化再书写，具有重构、再造中国文化特质精神的用意。现代意识和价值观的历史文明批判成为《故事新编》的主导精神，回应的是五四反传统大潮之后的中国新文化建设的现实诉求。拆解、歧义和颠覆性的写法应和了对于正统历史文化叙事的不信任，人格化的重释成为新文化建构的一种个人化立场的特定修辞方式。鲁迅用这种个人化的修辞方式完成了他对于中国历史和未来的宏大叙事写作。不管是一般或泛化的启蒙政治，还是特定的个人立场，鲁迅都进入了更加现实的文化政治和政治文化的漩涡、博弈中。1930年代的鲁迅基本上就逐渐告别了相对纯粹的文学性写作。

话题还是拉回到《朝花夕拾》。从《小引》看，鲁迅虽然人到了广州，但心态还没有摆脱此前离开北京、短居厦门时的郁闷的影响，笔调很是低沉。他开首就说：

> 我常想在纷扰中寻出一点闲静来，然而委实不容易。目前是这么离奇，心里是这么芜杂。一个人做到只剩了回忆的时候，生涯大概总要算是无聊了吧，但有时竟会连回忆也没有。

当然，鲁迅心情不好的原因并非全是北京、厦门的记忆，接下来他就把厦门、广州、北京三地的遭遇连贯起来了，现实的原因也很清楚了。《小引》写于1927年5月1日，此前的4月21日，鲁迅向中山大学提交了辞呈，至6月6日获允。鲁迅辞职的直接导因是国民党在上海、广州相继发动的"清党"事变，殃及了多名中大师生被捕，校方无力作为，鲁迅虽经努力却也无可奈何，遂以辞职表明态度。这说明鲁迅此举并非事先的熟虑，而是事发突然的变故。厦门、广州、北京三地遭遇的共同处和结局就是"离开"，还是不得不的"离开"。心情当然不会好。《朝花夕拾》就是在持续的不好甚至恶劣心态过程中写就和编定的。既然现实不忍直视，也就转向回忆了。并且，回忆也会显得困难重重，并非就是蹈向时间暗处的无尽虚空。于是，回忆的笔触中就时常要隐隐地流露出现实的影子来。现实的种种勾连时刻都在缠绕着回忆的思绪流向。有时，这回忆更像是一种审美写作方式的情绪挣扎吧。只是《小引》相比正文要写得更加直白些。他竟这样说：

"看看绿叶，编编旧稿，总算也在做一点事。做着这等事，真是虽生之日，犹死之年，很可以驱除炎热的。"看到这种措辞行文，是很有些震动感的。显见出鲁迅还没有充分调整好直面现实发言的姿态和方式，只有郁愤之心可谓溢于言表了。接下来他还说：

> 带露折花，色香自然要好得多，但是我不能够。便是现在心目中的离奇和芜杂，我也还不能使他即刻幻化，转成离奇和芜杂的文章。或者，他日仰看流云时，会在我的眼前一闪烁罢。

显然，回忆既为无奈，也是一种有意识的"逃避"，鲁迅知道他是如何会陷入到回忆中去的。记忆的"蛊惑"，"也许要哄骗我一生，使我时时反顾"。换言之，鲁迅很明白他的回忆文章究竟意味着什么。他是一个清醒自省的写作者。这才能理解下面这段话的表述方式及其曲折含义。

> 这十篇就是从记忆中抄出来的，与实际容或有些不同，然而我现在只记得是这样。

确实很微妙。所谓"从记忆中抄出来的"，意在强调这些作品的纪实性和真实性，也就是非虚构性。但马上又说"与实际容或有些不同"，无异承认了作品中的非真实性，这是一部"文学创作"。回忆作品的文学性和自叙传的真实性在这两句话的表达方式中得到了兼顾和强调。最后一句的语气和句式是最强烈的："然而我现在只记得是这样。"这一主观确认的真实性成为《朝花夕拾》作为"个人史"的文学修辞方式。鲁迅似乎是在用文学方式抵达真实，同时用纪实方式强化、渲染了作品的文学性，以此获得更加丰富多彩的审美效果。这种主观创作心态的特殊性及其表露方式，在鲁迅作品中恐怕是绝少而罕有的吧。在此意义上，《朝花夕拾》也是一部具有独特文体含义的作品集，是一部极具鲁迅个性特色的作品集。鲁迅首先是个杰出的写作者和文学家。

与《小引》相映关联的还有《故事新编》的《序言》，虽然这篇《序言》写于1935年底，但仍是近乎10年前的心态流露，笔调风格都未变。

> 直到一九二六年的秋天，一个人住在厦门的石屋里，对着大海，翻着古书，四近无生人气，心里空空洞洞。……这时我不愿意想到目前；于是回忆在心里出土了，写了十篇《朝花夕拾》……

厦门的生活记忆和写作心理痕迹看来就是这么的深刻，多少年了难以释然。再来看《朝花夕拾》的《后记》。《后记》不仅篇幅较长，而且内容相对也更加具体些，差不多是正文主体的一种附注说明和衍生作品，并且还配了多幅插图。也许就因为是"后记"的缘故，鲁迅的笔致不再如正文作品那般注重创作的文学性修辞，更多流露出了杂文性，更多直白尖锐的议论。《后记》集中于两个话题，一是孝，一是无常。关于孝，可以联系鲁迅从五四时期以来一以贯之的启蒙立场，对于传统人伦束缚、扭曲人性的鲜明批判思想。这两段话最见典型：

> 就我现今所见的教孝的图说而言，古今颇有许多遇盗，遇虎，遇火，遇风的孝子，那应付的方法，十之九是"哭"和"拜"。

> 中国的哭和拜,什么时候才完呢?

尤其末句,活脱脱就是鲁迅的特色口吻。关于无常,鲁迅有一段的议论:

> 《玉历》式的思想是很粗浅的:"活无常"和"死有分",合起来是人生的象征。人将死时,本只须死有分来到。因为他一到,这时候,也就可见"活无常"。

所以,鲁迅最后交代说,本并不想写后记,但终于又"乱发议论了"。《后记》写于当年的7月11日,还在广州。但从鲁迅的行文笔调来体会,他的心情应该已经缓释了许多。看这期间的鲁迅日记,家人、朋友、学生的联系很频繁,写作、翻译、出版也还顺利,并且收到了中山大学的数月薪水,生活样态应该是渐入正轨了。尤其是许广平依旧能在一地照应,个人生活情感稳定。摆脱了校事冗务,调整了日常生活节奏,杂文家鲁迅的性格面目露出了真容。否则,鲁迅恐怕没有心情为写后记而大费周章。从《后记》所述内容来看,他对孝和无常的资料案头工作之投入,几乎就像是在做早几年的小说史文献研究的功夫了。可见,《朝花夕拾》终究是很有些心理治疗作用的。个人史回忆的进入和释放,产生了作用于思想和美学上的净化和升华的精神效果。

如此,我把《朝花夕拾》读作鲁迅的"文学个人史",也就意味着,《朝花夕拾》的每一篇都有着创作和纪实的双重品质;在对其进行文体美学修辞解读时,同样是对鲁迅个人真实性人生,尤其是其内心和精神世界的深入接触。假定说自传更多暗示着真实性,回忆就是文学建构的历史文本——文体本身具有了意义的生产性。有些可以落实，有些只能意会。我们读的毕竟只是独立的作品。那么，就顺着作品文体的脉络引导，流连、曲行在鲁迅的文字和人生之间吧。

二、《狗·猫·鼠》：仇猫说原由　论人见讽议

开篇是《狗·猫·鼠》。作品核心是鲁迅讲述了自己为什么会"仇猫"。但现实的议论要明显多于、也重于对幼年生活的回忆。

1926年初的中国政治形势是民国以来的又一大变局前夕，是山雨欲来风满楼之际。和政治时局牵扯不断的上一年的北京女师大风潮尚未了结，高校教育界和一般文化知识领域的势力争斗更是表面化了，权力和政治的阵线俨然分明。稍后不久，冲突就要白热化，"三一八"就在眼前了。而且，北京的政权摇摇欲坠，也快要易手了。国家变局正在加速酝酿，趋向一个新时代新格局。当此之际，鲁迅或多或少卷入其中，尤其作为新文化运动以来的知名人士、具有强大舆论影响力的作家和公共知识分子，鲁迅直接进入了文化和政治的舆论场，被赋予、也担当起了文化思想斗争的角色和责任。其时，他的主要论敌是章士钊、陈西滢（原名陈源，字通伯，笔名西滢，1896—1970）、徐志摩等，潜在的还有胡适及其派系周边的其他人。

鲁迅早年是加入过光复会的"老革命党"，又是光复会首领太炎先生的弟子，"革命"辈分也可称老资格了。在20世纪早期的中国政界和文化界上层，交游相识者不在少数，况且还曾常年在教育部工作，往来不乏官宦名流，所以总不免陷入各色人等、多种势力的缠斗之中，虽然他自身终究不是一个搞政治的人。不过他是一个有着自己的鲜明立场和价值观的现代知识分子，有着为国家民族贡献的抱负和理想，

这使他必须明确站队、站位表明自己的政治和文化倾向。这就会更深地陷入人际权力斗争的社会关系里。他一生的杂文就清楚地说明了这一点。此时此刻,在与陈西滢等发表在《现代评论》《晨报副刊》这些报刊文章的论争中,鲁迅就不留情面地斥责、批驳了所谓现代评论派俨然绅士和正人君子的伪善、圆滑、投机与无耻,从此结下了一生未得解开的"怨结"和"梁子"。鲁迅后来的"左倾"其实也可以从他这一时期的情感态度和立场倾向上得到反面的印证。与现代评论派等论敌的笔战,和这篇作品的主旨——鲁迅的"仇猫"及杂文笔法就发生了直接的关联。

鲁迅是以杂文式的议论开篇的。从全文笔调、文风来看,这篇作品的杂文性极为鲜明。"从去年起,仿佛听得有人说我是仇猫的。"乍看好像这不会是一篇回忆性文章了,话头起于近年的事由。语气不确定,但点出了要议论的中心和靶子——"我的仇猫"。这是一个修辞性的开篇设计。直指题旨,却又像是起兴手法。真是谈猫或辩白仇猫与否的吗?

开门见山点出了"仇猫"的话题后,笔触之间几乎全是时论的指向和影射。笔调却是相当的从容自如,并不显出难耐的急躁之色。"一到今年,我可很有点担心了。"随手拈来的冷嘲和热讽,"万一不谨""得罪"了大佬"可就危险已极"。字里行间充满了对于论敌的鄙视和轻蔑。而且顺手也拉来了狗作为议论的陪衬。猫狗在动物界向来不睦,本文题目甚至还以狗打头,本意却并不在论狗。尤其是打"落水狗"和仇猫并不违和矛盾。"仇猫"无碍于"打狗"。鲁迅是提倡"痛打'落水狗'"的。"落水狗"者,狗仗人势、失势丧家之人也,无耻无赖、唯赖而已之人也。而且,人和动物相比,虽有了几大进步,貌似聪明文明,"然而也就堕落"了。这些延展开去本是可以写成又一篇

"鲁迅风"杂文的作品。但这一次作者用意则将它引入了个人生涯的深处记忆。

立意由猫论人，先从猫的定性谈起。鲁迅说自己仇猫的理由很充足，且光明正大。这和他多次说过的自己的社会批判是出于公心而非私怨之意相同。猫性不好，甚至可说恶劣。一是猫对待弱者的霸凌和残暴；二是猫对于强者的谄媚、矫饰和虚伪；三是猫的鼓噪和阴损的险恶。诸如此类，都是丑行显露出的恶德劣性。这哪里是在写猫呢，当然分明就是在写人。这是借猫写人的杂文修辞笔法。

毕竟不想写成杂文，笔锋然后就转入了回忆，道出了仇猫的个人经验的原因。"我"至今还清晰地留着幼年时的记忆：猫"吃了我饲养着的可爱的小小的隐鼠"。而且，"我在童年，总觉得它（猫）有点妖气，没有什么好感"。还有一点，"猫是饲养着的，然而吃饭不管事"。隐鼠却是很有点可爱的天性，并且和人是可以成为朋友的。结果某一天，"我"的隐鼠忽然就被猫吃掉了。这是长妈妈（家里的女佣）说的。"这即刻使我愤怒而且悲哀，决心和猫们为敌。"

> 当我失掉了所爱的，心中有着空虚时，我要充填以报仇的恶念！

"报仇的恶念"一语如此强烈的程度，实际是鲁迅借着对于孩童心理的描述，在一语双关。除了如实写出了孩童纯真本能的爱憎外，同时表达了自己的性格立场，恩怨分明，以牙还牙。借仇猫而谈人事，阐明人间复仇的坚定态度。这就是"我"之仇猫的来由。

但鲁迅对于仇猫的反省，立即又进入了更深的层次。虽然获得了仇猫的快感，"此后似乎猫都不来近我了"，"但对于它们纵使怎样战胜，大约也算不得一个英雄"。从中或许能够读出一点"复仇实现的空虚乃至失败感"。战胜了猫又怎样呢？恐怕也是妄称英雄吧。鲁迅一生论敌多矣，但也常因此生发出进入"无物之阵"、碰上"鬼打墙"的挫败感。《奔月》中的无敌英雄后羿，射落了九个太阳，结局如何？在月亮的嘲弄下只能无奈颓唐地放下了他的弓箭。纵使你战胜了一切，最后却被虚空所战胜——被你内心的虚空所战胜。人生的意义、价值和所成就才真正成为我们的生命支柱。精神的满足也须有实际的获得才能脚踏实地，不致如大地上的浮云，虽在视线之内，却无所依傍、随风而逝。这算得上是一个启蒙者、先觉者的落寞和悲哀了吧。复仇真的如此重要且有意义吗？复仇的意义何在呢？何况，后来"我"还知道了，隐鼠其实是被长妈妈"一脚踏死"的。呜呼，凶手还是人。"但和猫的感情却终于没有融和"。加上后来猫还伤害了更加无辜的兔子。"我"的仇猫索性就更加"辣手"了。殊不知，人与猫斗，反而引火上身，"我"的仇猫招来了人间的"憎恶"。对于猫的造孽，"人们自然十之九是憎恶的，而这憎恶是在猫身上。假如我出而为人们驱除这憎恶，打伤或杀害了它，它便立刻变为可怜，那憎恶倒移在我身上了"。这就不仅是空虚和失败了，几乎就沦为社会公敌了。这简直也就是先驱者、牺牲者的被弃和受害的命运写照了。猫集可恶可怜于一身，只有人事人心最难料。无奈之际，不能不透露出些许的颓丧和失落。说到底，"我"的仇猫也是一种"绝望的抗战"啊。

　　结尾略显幽默的冷嘲给了这篇作品一种叙事上的张力。所有的回忆和故事，都落在了现实的情感温度上，说不上冷峻，但绝非舒缓的平和。气有郁积，难有一泻而出的畅快。整体文气的沉郁仍是相当明显的，行文过程也可谓曲径见幽微吧。这正是彼时彼刻鲁迅心态的一种写实反映。看透了一切，终究无可如何。

三、《阿长与〈山海经〉》：白描清淡叙事　记人深情抒怀

　　《阿长与〈山海经〉》是一篇温情、甚至可说是深情之作，但表面写得并不十分浓烈，反显出一点含蓄和节制，有时是调侃、揶揄或反语，特别是在故事及情感的各种表达方式上，绝非一览无余。其中仍有孩童察看社会人事的特定眼光，行文视角维持了更多鲜明的统一性，体现出鲁迅深谙掌控叙事效果的写作技巧。

　　说它是一篇温情、深情之作，首先从题目、人物名称就能体会到了。家里的女佣保姆，传统上就是"下人"。"下人"是服侍主人和干粗活的，在大户人家里的地位是很卑微的。如何称呼她呢？似乎并无所谓。鲁迅是这样写的："只有祖母叫她阿长。"紧跟着后一句连读，感情色彩立刻不同："我平时叫她'阿妈'，连'长'字也不带"。开头写的交代是，家里别的人都叫她"长妈妈"——这叫法"似乎略带些客气的意思"。比较一下这些不同的称呼叫法，鲁迅的"阿妈"不只是一个小孩对于年长者的尊称，从文学表达而言，显然注入了作者的一种温情记忆和回顾。多少年后，我们回忆幼时的"阿妈"，心里已经动容了。连同祖母的叫法"阿长"，这是年长者对于后辈的称呼吧，但是家人般的亲切感就在这"阿长""阿妈"的称呼中弥漫开来。这确定了这篇回忆散文的情感基调。某种程度上与《阿Q正传》里讨论阿Q的姓名一样，意在言外、异曲同工，但都启人之思，不是无意闲笔。只是这一篇的手法更加含蓄自如，情动其中而无丝毫显形。

　　但鲁迅的笔锋却是陡然、也是自然地一转，不愧大家笔法，作品即将到来的戏剧性就出现了预示。"但到憎恶她的时候，——例如知道了谋死我那隐鼠的却是她的时候，就叫她阿长。"这孩子气的口吻很有

现场的情景感，也就带出了后面的故事，并且为后面叙述的情感过程增添了一种曲折波澜。

关于阿长的姓名来历叙述还没完，接着的追溯缘由更有了深意，不止于情感的层面了。原来这位阿长的姓名却是无人知晓、也无人记得的，只不过是在主人家沿用了前一个女佣的称谓罢了。而且，先前的女工也是无名无姓，"身材生得很高大，这就是真阿长"。后来真阿长走了，新来的这位"补她的缺"，"然而大家因为叫惯了，没有再改口，于是她从此也就成为长妈妈了"。呜呼！"下等人"的姓名也是可以随意分配或沿袭的了。尤其是，底层劳苦女性的卑微不配、也不足以使她们有自己的姓名。某种程度上，作品的这一段也像是在纪实，这是千百年中国社会生活经验可以印证的女性、尤其是底层女性的传统地位实况——她们的社会权利、经济权利和文化权利，尤其是人格权利，首先就在姓名权上有了准确的反映。鲁迅对此落笔成文显然也不是无心无意之举，或只在通常的经验纪实，而是在题旨指向表达上用一种节制无痕的方式自然而然地收紧、暗示和提升了。可以在此中深入体会出鲁迅的伦理批判和思想启蒙的用意渗透在了故事叙述的笔调中。思想的润泽入微却又不会打断作品叙述的阅读语感和发展流程。作者的主观倾向色彩可谓隐藏得不露痕迹。加之孩童视角的"掩护"更使技巧和思想的手法如羚羊挂角，无迹可求而意趣宛转。不知不觉中这一切的内在涵义又都无声无形地落进了我们的心里。

接着便是渐入了正题内容的叙述。一般看来，鲁迅也是用了先抑后扬的行文策略，在孩童视角的褒贬中见出情感和亲情的流露。作品先是写了一连串的事例，表明"我实在不大佩服她"。原因是长妈妈喜欢搬弄口舌，甚而引发家庭风波。又对"我"约束拘紧，还威胁告状。特别是夏天睡觉她只顾自己在床中间摆成一个"大"字，挤得"我"

只能缩在床角。如此睡相,"实在是无法可想了"。这就是"我"一个孩童的"控诉"。

但粗放的长妈妈也有她对"我"的特别好处。笔锋稍做回旋,是长妈妈在除夕春节教给"我"的规矩,还有她的奖励:一个福橘。"我"的表现,新年的吉利口彩,在她眼里有了巨大的意义。这一段鲁迅写得非常细致而生动,对话中把两人的神情心理描摹得栩栩如生,使人如临其境。这不由使得我们把长妈妈的形象联想到了祥林嫂,那种基于民俗文化的个人命运期待令人黯然动容。这对于底层苦难者会是一种怎样的慰藉啊。只不过在这篇作品里,这个情节有点喜剧性,符合孩童的观察体会特点,而《祝福》中的祥林嫂就纯粹沦为悲剧人物了。

对于长妈妈教给"我"的许多道理,小孩是不耐烦的,"总之:都是些烦琐之至,至今想起来还觉得非常麻烦的事情"。但对我们读者看来,作者用笔已经有了反面的衬托效果,不由产生出对于长妈妈的如许好感来。她的朴实、可爱和善良跃然纸上。

果然,下文接着就写到了"我"对她的"空前的敬意。"其中当然不乏孩童眼界的夸张。在"长毛"的故事中,"我"对长妈妈有了"惊异"之感,"不料她还有这样伟大的神力","从此对于她就有了特别的敬意"。语调夸张近乎反讽,长妈妈似乎是个被揶揄的对象,但这个人物形象也因此更加生动而丰满起来了。作品的直接引语使我们如闻其声,如临其地。听过了故事,略一琢磨,作者对于历史、对于女性的观念,也就在这戏谑的叙述中尖锐地凸显了出来。这对成年后的"我"也是一种如何褒贬历史和道德的启迪。朴素的生命经历蕴含有正义感的价值观塑造和熏陶。

此后,在铺陈续转、欲达高潮前,作品再度衔接了上篇(《狗·

猫·鼠》),深表了对于阿长谋害了"我"的隐鼠的痛恨。大有对她的敬意一笔勾销了的意思。但是,阿长终于还是"使我发生新的敬意了,别人不肯做,或不能做的事,她却能够做成功。她确有伟大的神力。谋害隐鼠的怨恨,从此完全消灭了"。原来就是长妈妈给"我"买到了朝思暮想的《山海经》。这里注意,这篇作品的题目就叫《阿长与〈山海经〉》。当她把这部"三哼经"买来时,作者说:

> 我似乎遇着了一个霹雳,全体都震悚起来;赶紧去接过来,打开纸包,是四本小小的书,略略一翻,人面的兽,九头的蛇,……果然都在内。

突遇"霹雳"而全身心"震悚","我"的迫切和惊喜之心真是溢于言表,无以复加了。仅此一书一事的震撼性,长妈妈就永久留在了"我"的生命中——而不仅是记忆中。"这四本书,乃是我最初得到,最为心爱的宝书。""最为心爱的宝书"一句,下文又有重复。这一语气和表达方式也是一个孩童渲染感情的特点,更是作者终于要强调再三的不再压制的情感直白。连同对于《山海经》图文内容的重复,也是同样的修辞动机和效果。这种行文方式在鲁迅作品中极为罕见。

此文感情的流露随着叙事的节奏而层层递进,在结尾时达到了高潮。早期的情感阅历是如此的难忘,"我"的人间体验又是如此的深刻,"我"就在这种阅历和体验中越过了生活的山川河流、曲折坎坷。回首往事,终难释然:

> 我的保姆,长妈妈即阿长,辞了这人世,大概也有了三十年了罢。我终于不知道她的姓名,她的经历;仅知道有一个过继的

儿子，她大约是青年守寡的孤孀。

我们终于也知道了是这样一位苦难命运的女性，伴随和帮助"我"开启了有意义的人生。但她从没有表现出——或者说作者从没写出过她的丝毫苦痛的言语和行动。然而我们还是被深深地打动了，几欲泪下。

鲁迅是难得在作品中不加修饰地直露暖心抒情的。但这篇结尾，他还是忍不住了："仁厚黑暗的地母啊，愿在你怀里永安她的魂灵！"这是多么强烈的抒情之笔，表露的是内心难抑的激情。从作品的审美形式上看，本篇以白描叙事为主，笔触清淡，却沉郁其中；铺垫转折，渐入高潮，怀人深情见于文末，溢于纸上。本篇应该最明显可与《藤野先生》和《范爱农》两相呼应，都是作者内心深处的泣泪之作。

等我们年长时，也许都会有至少这样一篇在心里想要写出来的纪念之作吧。我们也有自己的"长妈妈"。我们的生命和情感就是在其中生长了。

四、《二十四孝图》：悲哀的吊唁　激愤的抨击

《二十四孝图》也是一篇杂文笔法鲜明的作品，不仅议论多，而且多有针对性的驳论指向；既是谈历史谈文化，也有明显的时论讽世主旨。作品的旨趣、感情倾向及表达方式，相比上一篇（《阿长与〈山海经〉》）显然就大异其趣了。甚至就可以把这一篇读成杂文的，具体的回忆叙事实在并不多见，看出来最醒目的是一个满怀宿怨、愤世嫉俗、咬牙切齿、张扬讽刺的杂文家鲁迅的性格面目。

作品一开始就极为激烈，无以复加的激烈，声称哪怕灵魂堕入地

狱，也要用最黑暗的诅咒来反对一切妨害白话者：

> 我总要上下四方寻求，得到一种最黑，最黑，最黑的咒文，先来诅咒一切反对白话，妨害白话者。即使人死了真有灵魂，因这最恶的心，应该堕入地狱，也将绝不改悔，总要先来诅咒一切反对白话，妨害白话者。

开场就"开骂"，总要有理由。为什么呢？主旨衷曲落在了孩子的遭遇和命运身上。如果说从新文化启蒙和文学革命的基本立场与价值观来说，白话代表了中国文学、文化发展进步的标志，孩子、儿童更是中国人和民族的未来希望。白话和孩子两者的生存、发展及地位，在文明进化的阶梯方向上呈正相关关系。谋害白话和戕害孩子就是一回事，反对白话其实就在戕害孩子，是从文化上对于孩子的扼杀。这也就是在扼杀中国和民族的未来。所以鲁迅反复说："只要对于白话来加以谋害者，都应该灭亡！"联系《狂人日记》的主题，不仅有对传统伦理的批判，还有对未来的希望，通往希望的途径就在孩子、新一代的新生——所谓"救救孩子"，肩住了黑暗的闸门，放孩子们到光明的地方去，换言之就是用白话开启了蒙昧黑暗的紧闭的闸门，引入和照到思想启蒙之光的目的，中国的下一代才能成为真正的新人——鲁迅所说的"真的人""没有吃过人的人"，才能成长为"精神界的战士"和"真的猛士"。《二十四孝图》和《狂人日记》有着相同的思想题旨及表达构成。最核心者是对传统伦常价值观的彻底否定和无情批判。至于前者对于现代评论派陈西滢之辈的反击或攻击，则同时显出了作品的当下性关怀及时论讽世色彩。

本篇口吻的激烈，某种程度上还是与其个人回忆的切身性有关。

切肤之痛增添了作者情感力量的表达程度。其中说这是一篇对于自己及同辈人的"吊唁"之作：

　　……另想到别国的儿童用书的精美，自然要觉得中国儿童的可怜。但回忆起我和我的同窗小友的童年，却不能不以为他幸福，给我们的永逝的韶光一个悲哀的吊唁。

"我"的童年不仅文化荒芜，而且天性禁锢，管制严厉，思想、兴趣很难越出雷池一步。束缚人性的伦常灌输之恐怖，使人了无生趣，以至于"在中国的天地间，不但做人，便是做鬼，也艰难极了"。结合鲁迅的现实批判动机，我们可以认为他向来有将历史批判指向当下黑暗的用意，所以行文中常常杂入论人讽世的修辞手法，起到了纵横交织的表达效果。接着上句，鲁迅马上就说："然而究竟很有比阳间更好的处所：无所谓'绅士'，也没有'流言'。"说到底，还是"阴间"颇值得"颂扬"，倒是人间最阴暗、最可怕呀。无怪乎鲁迅要如此激烈猛恶。但这篇作品最集中的焦点还是在《二十四孝图》：

　　我所看的那些阴间的图画，都是家藏的老书，并非我所专有。我所收得的最先的画图本子，是一位长辈的赠品：《二十四孝图》。

这段话很值得玩味。"那些阴间的图画"，"都是家藏的老书"，"并非我所专有"，叙实中有隐喻，传统的黑暗力量就在家庭人伦的血缘关系中，并且必然会将"我"也网罗在内。"我"最先得到的画图本《二十四孝图》，"是一位长辈的赠品"。这一句的暗含之意更深一层，行文方式上看应该是鲁迅的有意设计。"长辈的赠品"也就成为"历史的枷锁"的隐喻。这《二十四孝图》也将成为"家藏的老书",并且属于"我所专有"了。"我"在此象征性地被拉进了传统和历史的伦理黑暗中。只是年少单纯,未解深意。看着"下图上说,鬼少人多","又为我一人所独有,使我高兴极了"。鲁迅后来为什么要如此愤怒激烈地反传统反伦常?很大程度上就是因为他有过切身创伤的感受经验,明白"软刀子杀人"的阴险和残酷的真相。反之,这也就是他一生坚持思想启蒙立场,矢志不改的根源。

果然,"使我高兴极了"后不久,"接着就是扫兴,因为我请人讲完了二十四个故事之后,才知道'孝'有如此之难,对于先前痴心妄想,想做孝子的计划,完全绝望了"。这是童年经验中获得的思想觉悟和人生判断,或许会比理论观念的力量更加强大而持久地影响人的一生吧。

鲁迅的写作策略不在一开始就直接批判愚孝伦常的可恶、虚伪、非人道、反人性,而是从一个小孩的天性好恶上来直观直觉地否定所谓孝道。孝道的愚妄和反常,只能是常态人性的反面和反动。某种程度上,愚孝就是愚民的产物。开启民智才能终结愚孝。这就是思想启蒙、文化开放的宗旨和价值目标了。

下面鲁迅就以两则故事来做了典型分析和批判。他说:"其中最使我不解,甚至于发生反感的,是'老莱娱亲'和'郭巨埋儿'两件事。"这两件事也构成了鲁迅这篇作品后半部分的主要内容。

在鲁迅看来,"老莱娱亲"之孝,实乃人性之伪饰、装佯;成人做伪形同于"侮辱了孩子"。鲁迅说得很分明:

正如将"肉麻当作有趣"一般,以不情为伦纪,诬蔑了古人,教坏了后人。老莱子即是一例,道学先生以为他白璧无瑕时,他却已在孩子的心中死掉了。

愚孝伪孝的伦理不仅违反天伦常情，而且直接就是对人性的扼杀。因为愚孝伪孝借着宗法社会的纲常规范，对于人性言行产生着强制压迫作用，人只能如奴隶般地生活，要么参与吃人，要么甘心被吃。老莱子死了，死了的老莱子却有可能僵尸附体还魂，荼毒年少的孩子，使其成为不断的受害者。精神上戕害如此，肉体上虐待也一样。看明白这一点，你才能明白鲁迅为什么这么愤激："只要对于白话来加以谋害者，都应该灭亡！"

"郭巨埋儿"同样是以伦常之名而行反家庭、反社会、反生命、反人类之罪恶之实。鲁迅的行文很坦白，这是一个孩子的本能心理："然而我已经不但自己不敢再想做孝子，并且怕我父亲去做孝子了。"伦常本为维系亲情家庭，但孝道之愚之伪实际却在瓦解亲情家庭的天伦关系。而且，孝道上升为历史观念的程式装饰后，除了思想禁锢、压迫他人、圈禁小孩之外，其实"这些老玩意，本来谁也不实行"。真是一语道破了天机。所谓孝道，无非也是自愚愚人的手段罢了。它使人不能不警惕者，即便是家人，"也是一个和我的生命有些妨碍的人"。纲常伦理终于成为人伦的反动颠覆，成为人性之恶的文化根源。如此，历史批判的深刻性和彻底性在鲁迅笔下才显出了淋漓尽致、刻骨铭心的尖锐程度。逻辑上看，这有点像是归谬法，将孝道演绎到一个反孝、反伦常、反人性的结果，也就是将孝道从根本上彻底瓦解了。简单的、粗线条的故事叙述，成就了一篇回忆文章如鲁迅风杂文的犀利风骨。从中当然也能体验到作者难以释怀的厚重郁积和愤激之气，他是在以自身童年的《二十四孝图》经验痛浇心中之块垒。这满腔的"恶气"终得一吐为快。也许，接着看了下篇《五猖会》，你能更明白一些鲁迅此文的隐衷缘由。

五、《五猖会》：父权伦常下的童年之殇

《五猖会》紧接着《二十四孝图》在旨趣上是很有点承接连续性的。如果说父慈子孝吧，孝道无非愚孝伪孝罢了，父慈则更相反地显出了中国旧传统家长制的专横和暴戾。但《五猖会》的写法又有点不同，白描叙事加上穿插其间的简约描述，故事单纯，却意味深长，终篇不能释怀。并且题旨上这篇既和《二十四孝图》很相近，原则上也秉持了儿童本位的新伦理观立场，对于家族制度、尤其是父权制的控诉，同样难以遏制其中的沉痛感。只因为有血缘亲情直接在其中，这种控诉的力度才更显得悲愤而苍凉。

作品开场就将孩童对于赛会的期待心理凸显得格外分明，还引经据典地描摹、呈现赛会的盛况，这为后续的失落心理埋下了反衬之笔。在引用了《陶庵梦忆》的记叙之后，作品写道："这样的白描的活古人，谁能不动一看的雅兴呢？可惜这种盛举，早已和明社一同消灭了。"这几句话有着多重含义，最明显的当然是渲染赛会曾经的盛况，次则提示赛会的历史遗留仍具有相当的吸引力，尤其是对小孩。三是又在暗中寄托了作者的一点历史情结——明社即明朝的灭亡，暗指了汉族文化正统的衰落，作者年轻时代投身于"排满"革命的民族情怀借此有了一点宣泄，不过很难令人觉察，一般仅以为不过是在发思古之幽情吧。民俗文化往往也是时代和政治的一种或曲折或直接的反映，并非完全是历史演化的变相遗存。

可见赛会是如此的激动人心。可是，并非人人有份参与。"妇孺们是不许看的，读书人即所谓士子，也大抵不肯赶去看。只有游手好闲的闲人，这才跑到庙前或衙门前去看热闹"。但在小孩子眼里，能够参

与赛会的"都是有光荣的事业,与闻其事的即全是大有运气的人",以至于埋怨自己没有运气,"为什么不生一场重病",也许可以使母亲有机会到庙里许愿,让自己争取到扮演赛会里的一个角色。这活脱脱就是一个小孩的生动期待心理活动。"然而我到现在终于没有和赛会发生关系过"。真是遗憾,成年后回忆起来也耿耿于怀。

既然从没有和赛会发生过关系,那为什么会写这篇作品呢?这就引出了五猖会和"我"的一场遭遇的来由。本来"我"也有过可以看赛会的幸运,可是结果很不幸,留在记忆里的是难言的苦痛。确实,看五猖会"这是我儿时所罕逢的一件盛事"。一天,"我"终于就要到东关去看全县最盛的五猖会了:

> 因为东关离城远,大清早大家就起来。昨夜预定好的三道明瓦窗的大船,已经泊在河埠头,船椅,饭菜,茶炊,点心盒子,都在陆续搬下去了。我笑着跳着,催他们要搬得快。忽然,工人们的脸色很谨肃了,我知道有些蹊跷,四面一看,父亲就站在我背后。
>
> "去拿你的书来。"他慢慢地说。
>
> ……这使我记住我其时是七岁。
>
> 我忐忑着,拿了书来了。他使我同坐在堂中央的桌子前,教我一句一句地读下去。我担着心,一句一句地读下去。
>
> 两句一行,大约读了二三十行罢,他说:
>
> "给我读熟。背不出,就不准去看会。"
>
> 他说完,便站起来,走进房里去了。
>
> 我似乎从头上浇了一盆冷水。但是,有什么法子呢?自然是读着,读着,强记着,——而且要背出来。

......

　　应用的物件已经搬完,家中由忙乱转成静肃了。朝阳照着西墙,天气很清朗。母亲,工人,长妈妈即阿长,都无法营救,只默默地静候着我读熟,而且背出来。……

　　他们都等候着;太阳也升得更高了。

　　我忽然似乎已经很有把握,便即站了起来,拿书走进父亲的书房,一气背将下去,梦似的就背完了。

　　"不错。去罢。"父亲点着头,说。

　　大家同时活动起来,脸上都露出笑容……

　　我却并没有他们那么高兴。开船以后,水路中的风景,盒子里的点心,以及到了东关的五猖会的热闹,对于我似乎都没有什么大意思。

　　直到现在,别的完全忘却,不留一点痕迹了,只有背诵《鉴略》这一段,却还分明如昨日事。

　　我至今一想起,还诧异我的父亲何以要在那时候叫我来背书。

　　以上引文除了结尾,多数是白描叙事。读来的现场感,宛若目前。因其白描,不加刻意修辞的凸显,才使得文中之意隐含更深,需要细心体会咂摸。既同情于鲁迅作品的文意题旨,又揣摩他的修辞艺术。所谓言简意赅,意远言近;言不尽意,意在言外。

　　开船出发前,父亲的第一次出场是这样的:"忽然,工人们的脸色很谨肃了……父亲就站在我背后。"乍一看,这情形很突然,好像是因为父亲的突然出现与"我"的笑跳形成对比反差才如此尴尬的。但从工人们发现了父亲到场的脸色谨肃情形看,其实是印证了父亲平日里一贯的威权难处的为人做派,否则现场气氛不会如此谨肃,像是一群小鼠儿猛然撞见了横行的大老猫一般。而且,这样一个威权父亲被发现时已经"站在我背后"了,好像是幽灵般一下子就到了眼前。这种不寒而栗之感与现场原本的欢乐气氛正相映衬对照,大家没有想到"父亲"会在这个场景里出现。父亲的到场一下子就改变了大家的心情和气氛。可以想见在鸦雀无声中接着的就是父亲说话了,他是"慢慢地"发声的。对一个七岁小孩子说出一句"去拿你的书来"。态度、语气和声调中该是含有多少威权威胁的惩诫暗示,居高临下的压迫打击含义犹似晴天霹雳啊。"慢慢地"发出这种威胁,他是在扩张行使父权的傲慢至上地位,甚至在享受其中的快感。他不会想到或顾忌到这其实是在无情地直接惩罚折磨自己的孩子。也许是他看不得、忍不下小孩子的欢闹吧。他的话对小孩来说,当然无异天昏地暗、山崩地裂。作者特意说明当时自己只有七岁。年龄不是闲笔,衬托出也坐实了这样一个父亲的严苛和阴戾。专和自己孩子作对的就是我们中国的所谓父亲。此情此景,不由想起了鲁迅早几年写的《我们现在怎样做父亲》一文。明白了其中是有他的锥心之痛、切肤之感的。我们无法反对、反抗"父亲"。故而在此段前文,鲁迅一再提到了"礼教"之妨,可见也非无意闲来之笔,更多是为后文的父权出场预留了褒贬态度,具有强烈呼应暗讽性的修辞作用。

然后,父亲就定下了背书的规矩。小孩子只能是在恐惧中服从。"有什么法子呢?"是的,只能是强背着。时间静默了,空气凝固了,所有的人都无可奈何,只有"我"的"声音发着抖","仿佛深秋的蟋蟀"。后一句再次形象、深刻地写出了此情此景中的小孩子"垂死般"的感受。家长的淫威,父权的独裁,妇孺家人的无辜、无力、无奈,都在强化着伦常礼教的反人情、反亲情、反人性的霸权之恶。现在也再度深切理解了,鲁迅说"要肩住了黑暗的闸门,放他们到光明的地方去"。为什么《狂人日记》的最后要呼喊"救救孩子"？因为他自己年少时有过了在黑暗中"垂死般"的被戕害体验和经历。

终于，"梦似的就背完了"书。终于得到了父亲放行的大赦："不错。去罢。"注意，作品中的行文格式接着是这样的："父亲点着头，说。"标点符号的修辞功能，逗号的点缀，显出了父亲还是那种"慢慢地"说话的语调，还是那种一贯的冷峻和阴郁。他的认可和恩准并不是心里高兴的流露，不过是父权行使的程序效应和自我满足。我们看到的不是作为父亲的温情、亲情和人情，反是专制威权霸凌弱小的薄情寡义和自私跋扈。父权凌驾于一切之上，这种伦理秩序和文化观念的历史合法、合理、合情性，暴露的恰是其中的愚昧、残酷、反动性。女性和小孩无疑就在这种伦常压迫的最底层。这就是为什么在男权社会中检验男性人道思想觉悟程度的试金石，就是看他对于女性和小孩的真实态度的主要原因。和许多现代启蒙文化先贤一样，鲁迅的新文化思想也表现在他的性别观、女性观和儿童观方面。只是这篇是创作文体，其他更多见的是杂文和随感文章。

父权的施虐已经习惯成自然了吧，家里所有人对此早就见惯不怪了。"我"背完书了，现在终于可以出发了，大家马上也就高兴起来了。但是，"我"却对一切都索然无味了。孩童的兴致已遭扼杀，孩童的心智已留下创伤。成年以后，记忆还是如此深刻惨痛。说是"诧异"父亲的行为，真的是"诧异"吗？看看鲁迅新文化运动以来的反礼教题旨作品，足以判断他完全能够充分、明确地回答这一"诧异"疑问。说到底还是一种严肃、尖锐的思想文化和传统人格的批判。只不过这一次他是以切身经历将批判的矛头指向了父亲。身为人子，公然地"骂"父亲，恐怕是不妥的；那么强作"诧异"以为曲折的抨击，也许就是一种修辞手段的掩护吧。旧伦理的暴政暴戾，在一篇白描的小故事中,就这样简括、有力、艺术性地揭示无遗。尤其是其写作的艺术性,成就了作品的震撼性力量的强度。

某种程度上,这也是鲁迅的一次自我观照和解剖。这个父亲不仅是作品中"我"的父亲,还是中国文化伦理中的"父亲",那么,当然其中也或许有"我"的影子。"没有吃过人的孩子,或者还有?"真是绝望中的希望啊。抑或绝望之至。

时过境迁,扪心自问:历史会重演吗?还在重演吗?这个时代还需要发出"救救孩子"的悲声疾呼吗?

六、《无常》:鬼戏演人事　褒贬凭善恶

《无常》的行文写法很有一种洒脱的趣味,简单说是写鬼事,讽时世,寓褒贬,张个性。写鬼事,如题无常即是。讽时世,借鬼事喻现世人事。本文借古喻今、谈鬼论人的特点非常鲜明。统观全篇,可谓有感于今人时事,托言于冥界鬼怪。文体虽属回忆少年童趣之作,抒怀任凭记叙议论两相方便。写来虚实相间,以虚写实,由实见虚;涉笔成趣,出入于虚实、古今、鬼界人间,既以鬼讽人而终归之于人情世道。在此过程中,自当寓有鲜明褒贬评价,价值立场的抒发也是一种个人情怀的表达。加之毕竟创作审美之文,总是贵在文气个性之张扬,于鬼于人于时于世,处处彰显出写作者的气象胸怀和精神心镜。哪管爱恨情仇,连鬼带人,皆无所羁所惧,总要给出个说法,这才是鲁迅落笔之文。

一般而言,借鬼事说时世论人情也是此类文章的常规,多是作者写作路径或策略的一种文体选择罢了。由此不必意外作品行文中的诸多言外之意。毋宁说这是作者布了局要读者来寻觅体会的。此意开篇

便有，如"凡是神，在中国仿佛都有些随意杀人的权柄似的"，这就不是在说鬼事，实多影射当世人间了。连类而下，就有了一点对于"以笔杀人"的讽喻。鲁迅说的该是很直露的了：

> 凡有一处地方，如果出了文士学者或名流，他将笔头一扭，就很容易变成"模范县"。我的故乡……后来到底免不了产生所谓"绍兴师爷"……别的"下等人"也不少。……他们——敝同乡"下等人"——的许多，活着，苦着，被流言，被反噬，因了积久的经验，知道阳间维持"公理"的只有一个会，而且这会的本身就是"遥遥茫茫"，于是乎势不得不发生对于阴间的神往。

这整个一大段文字，都有缘由来头，几乎全是现实抨击，有着明确的针对性。鲁迅的论敌就是陈西滢等，后者在北京女子师范大学反对校长杨荫榆女士的学潮中，选边站在了校方权力一边，还组织了"教育界公理维持会"，俨然正人君子形象，自然就和鲁迅的立场形成了尖锐的对立。双方的互攻连带到了各自的籍贯家乡，陈是无锡人，自谓无锡是模范县，就此被鲁迅讥讽。鲁迅是绍兴人，陈氏谓之绍兴师爷，也是不好的名声。但在鲁迅，本意动机不在私怨的人身攻击，而在公仇的社会批判。出于《无常》的创作题旨，鲁迅无情揭穿了现实中的所谓公理及其名义上的维持会，不过是虚无缥缈的伪装假相而已。勿论自欺，欺人最可恶。人间社会公理之不得已是必然，如此反倒促使发生了"对于阴间的神往"。这是"下等人"的无奈和自慰，是现世的罪恶和残酷，是"正人君子"的虚伪和自私，同时也是民间情感和通俗艺术的滋生和生成的生活土壤。目连戏和无常的艺术就此诞生而传播。因为"下等人"在这艺术的世界里获得了一种别样的满足，

那就是现实中得不到的"公正的裁判"。于是,紧跟着上段引文的便是下面这段文字:

> 人是大抵自以为衔些冤抑的;活的"正人君子"们只能骗鸟,若问愚民,他就可以不假思索地回答你:公正的裁判是在阴间!

这也是在回答文章里用不同方式再三提出的问题:普通民众为什么喜爱无常?为什么觉得无常可亲可爱?根本就在鬼怪无常能够给现世带来命运期待的"公正"。这是一种奢侈,但也是必须"创造"的人间希望。

这种在阴间实现的公正裁判的想象,升华成的就是首先萌芽、流行于底层社会的通俗戏曲表演艺术了。它成为社会"下等人"的苦中作乐,一种精神的安慰和痴迷,也成为一种民间文化的艺术性创造。而从某种阶级论倾向的深层意义上说,这也是"下等人"发起的文化权利和意识形态之战。

本来,"这些鬼物们,大概都是由粗人和乡下人扮演的"。"至于我们——我相信:我和许多人——所最愿意看的,却在活无常。""人民之于鬼物,唯独与他最为稔熟,也最为亲密,平时也常常可以遇见他。"隐隐约约地,"下等人"所喜欢的无常,竟像真是有了一点阶级性的共鸣。鲁迅并没有刻意彰显其中的政治色彩,但文化情感的揭示同样有着鲜明的阶级视野。作品的政治性含义和作者的政治倾向性,几乎就要呼之欲出了。

然后才是鲁迅的重重一问:"然而人们一见他,为什么都有些紧张,而且高兴起来呢?"揣测起来,紧张缘于无常是鬼物,但在这紧张中暗含着一种期待,"愚民"不假思索地回答:"公正的裁判是在阴间!"这就是高兴——紧张期待而得以实现——的来由。无常不仅可亲可爱,而且还代表了公正和正义。这是与现世的"正人君子"的伪善欺世所格格不入的品质。因此,也才有了鲁迅后面的近于格言的两句话:

> 想到生的乐趣,生固然可以留恋;但想到生的苦趣,无常也不一定是恶客。

相比之于自诩主持公理的伪君子,"我们的活无常先生便见得可亲爱了"。而且,无常的可爱,最能体现的就在目连戏里。鲁迅花了长篇大段笔墨,细致叙写了目连戏里的无常表演,人间的情感也在其中淋漓尽致、曲尽其微了:

> 一切鬼众中,就是他有点人情;我们不变鬼则已,如果要变鬼,自然就只有他可以比较的相亲近。
> 我至今还确凿记得,在故乡时候,和"下等人"一同,常常这样高兴地正视过这鬼而人,理而情,可怖而可爱的无常;而且欣赏他脸上的哭或笑,口头的硬语与谐谈……

爱憎褒贬,遣词修辞,鲁迅的情感表达和文风个性,已经不加掩饰地直露出了鲜明的本真面目。如果说戏台上的无常演的是人间悲喜,看客和作者入戏的原因也是在人间生活的经验。人间有不平,才演成了舞台上的戏,才有了这活无常。所以不难理解观众入戏代入其中必有其自家切肤动心的经验——并非全是无关痛痒或非功利的游戏娱乐。

一般迎神出演的无常,更有人间烟火气,甚至还有了"老婆儿女",无常太太被称为"无常嫂"。鲁迅妙笔成趣:"这样看来,无常是和我们平辈的,无怪他不摆教授先生的架子。"顺手就又刺了论敌一笔。在写鬼事之间,无时不在举重若轻地讽喻当下,下文所谓"拿卢布"之类,都是对于论敌的揶揄和讥刺了。说到底,在可亲可爱、主持正义之外,无常还有着诚实厚道的品质。鲁迅这样说:

> 和无常开玩笑,是大家都有此意的,因为他爽直,爱发议论,有人情,——要寻真实的朋友,倒还是他妥当。

作者就是在借题发挥,夫子自道自况了。人间朋友难寻,伤人暗箭还倒是大多来自所谓的朋友。读一读鲁迅同年创作的小说《奔月》,会理解他对"朋友"之义的态度,以及遭遇朋友背叛、暗害的创伤感。那么,"无常"就是我们的安慰了。

就要终篇了。鲁迅的曲笔显出了暗喻的效果。据说无常是活人而在梦中入冥当差,所以才有了人情味。活人则反而多鬼气。"莫非人冥做了鬼,倒会增加人气的么?"反之也就可以设问,莫非现世之人,原来倒是冥界来的鬼物?否则何以如此多阴森之气而无人情温暖?人鬼之不同,根本还因人性人心之不同。鲁迅只能感叹:"吁!鬼神之事,难言之矣,这也只得姑且置之弗论了。"人谓画鬼容易画人难,实则鬼神之事亦难说,人间奇文不世出。

《无常》貌似写鬼戏鬼事,实在议论人间世事。"无常"写出了人情道义,曲尽了人间善恶真伪。这是一篇有着多重题旨交集的作品,鲁迅的大手笔使短制也有了深广度的含义。一读再读,领悟其中的思想意义和审美趣味都会愈发显得丰满起来了。

七、《从百草园到三味书屋》：哀而不伤的忆旧和告别

在《朝花夕拾》里，《从百草园到三味书屋》这篇作品的笔调情绪和一般主观方面，显出了少有的平和。不再剑拔弩张，怒目圆睁，也少见了怼天怼地怼人的论辩指向和激情表露，虽说少数仍有那么一些顺势而为的讽刺会"习惯性"地流露出来。有情而含蓄内敛，这是我的基本阅读感受。

作为一篇相对常态风格的个人回忆散文，记叙性的内容构成了作品的主要部分；童真、童蒙、童趣写得生动灵现，特别可以见出作者的主观倾向，他的对于自己童年生活的那一点点温情、美好的记忆。他想抓住这些已经远逝了的人生快乐，但也不至于暴露出太过分的激动心情。有所节制，也没忘记现在，所以难得的平和中又有看似随意的戏谑，曲折的暗喻，甚至少有痕迹的讽刺。这也就是鲁迅的文风文笔特有的修辞艺术功夫了。

先说的是百草园。"我家"的百草园早已易主，记忆中里面"只有一些野草"。但它却是"我"的童年乐园。这第一段有点令人勾起了对鲁迅小说《故乡》的回味了，只是这篇的感情表露相对平和，只隐隐流露出家族衰败的哀伤之情。而且行文中的戏谑之笔也多少会冲淡一点这种隐隐的哀情。《故乡》的感情程度和表达题旨相比都要明显厚重多了。

其次是体现了鲁迅遣词造句的一种特别的修辞手法，用貌似矛盾的用语来增强、突出文学叙述的表达效果。因为最后一次见过百草园也在七八年前了，所以"似乎确凿"只有一些野草的记忆就显得很有些奇妙之意了。"似乎"和"确凿"，两者连用是很矛盾的，但它对于

强调记忆的主观性真实程度的表达,则有着相当强烈衬托的艺术修辞作用。这个细节也和整部《朝花夕拾》的创作性回忆文体相呼应。这在作品集的《小引》里就有预设和说明了。鲁迅使用这一手段并非个别。百草园衰败如此,为何又会是"我"的乐园?参差对照才能更见叙事的起转和文气的奇崛。所谓乐园的引人入胜就跟着顺势而出了。这段连贯的行文蕴含有作者浑然天成的匠心技巧。

百草园是童蒙稚子的"我"的乐园,无限趣味在其中。这不多说,一读便知。百草园里有蛇,这也容易使人理解。不过,作品是用专门的方式特意提到了蛇,蛇在叙述中就起到了两个作用。一是由此转接引出下文,这是形式上的写作技巧;二是由此进一步打开叙述的空间和连带的想象,这就更多艺术审美旨趣方面的揣摩了。"我"在乐园里的玩耍,经由赤练蛇转成了美女蛇的故事。这一来,惊心动魄的效果更胜于可能是实际的赤练蛇的可怕了。文脉之自然顺畅显出了作者行文创作的老辣手段,且几乎不露痕迹。

美女蛇的故事是听长妈妈说的,长妈妈出现在了《朝花夕拾》的多篇作品中,有意无意充当了一个连线全篇的人物,但她又是一个多处跑龙套的人物,除了那篇《阿长与〈山海经〉》。给人感觉作者确实是贴着真实的人物在讲述着自己的回忆故事,扑朔迷离间也是难辨真伪。但这个美女蛇的故事真的很合长妈妈的口吻,我看着也都信了。所以,我也特别看重、留意了作者听了故事后的结论,应该是别有深意、另有所指的。就是这几句话:

结末的教训是:所以倘有陌生的声音叫你的名字,你万不可答应他。

这故事很使我觉得做人之险……

我想，鲁迅写下这些话，一定是有他的弦外之音，或有他的实际刺激的吧。只是在这一篇里，他决定采取了相对含蓄、隐忍的态度和表达方式。何必每句话都来说破呢。

冬季雪天的百草园，可以捕鸟。这是尤其有趣的事。并且，捕鸟还引出了与作者童年相关的另一个重要人物，那便是"闰土的父亲"。闰土则是我们熟知的《故乡》里的主人公。——和闰土相比，"我"该是富家子，少年的玩伴就伴随着人性和阶级性的纠缠；长大以后，"我"已经成为新文化的知识者，闰土则重复着"闰土的父亲"的人生，双方对视的目光已然陌生，或者说彼此成了"陌生的熟人"吧。这对于归乡的"我"，其实也是一种现实生活给予的迎头一击。最柔软的梦幻世界被打碎了，不经意间所遭遇到的挫败乃至创伤感恐怕要更加深入地侵蚀到"我"的心底，但诉说无门。——说到底，"我"也没有学会"闰土的父亲"教"我"的捕鸟方法。只是童年的玩伴和记忆是如此深刻，写作者总会找到机会将这一切心底的郁积倾吐出来。那毕竟也是自己的生命凝练。所以，不要忽视长妈妈、闰土和他的父亲还有水生，这些人物经验对于作者创作《朝花夕拾》的心理推动作用及其隐秘的重要性。

写完了百草园，就进入了三味书屋。作品是用了一句相当不满和疑惑的口气，突兀反成自然地完成了叙述的转折。"我不知道为什么家里的人要将我送进书塾里去了，而且还是全城中称为最严厉的书塾。"进书塾好像是对作者童年的一种惩罚。这和《五猖会》里父亲命令"我"背书的情形相似。"我"当然不满、腹诽，但也无可奈何。回忆童年的写作，这时就有点像是在报复专制家长过往的威权霸凌了。从此，"我"将失去了"我的乐园"。"总而言之：我将不能常到百草园了。"但语调也并不激烈。

好在童年并未在书塾里彻底结束,三味书屋并非失乐园,另一种童年生活在书塾里开始了。就是读书的童年。这是和百草园不同的童年。显然,鲁迅对于书塾情形的描写不同于其他很多人的攻击姿态。温情仍然荡漾在写作者的回忆情绪中。其中有童年生活体验的真实况味。于是,寿镜吾先生的可爱形象留在了文学史上。

我们从这样的描述中能体会到作者对于"先生"的亲切感:

> 出门向东,不上半里,走过一道石桥,便是我的先生的家了。……中间挂着一块扁道:三味书屋……第一次算是拜孔子,第二次算是拜先生。
>
> 第二次行礼时,先生便和蔼地在一旁答礼。他是一个高而瘦的老人,须发都花白了,还戴着大眼镜。我对他很恭敬,因为我早听到,他是本城中极方正,质朴,博学的人。

笔锋就此顺势一转,顽童心态就出来了。"我"因了东方朔的渊博之名,竟问起了先生一个名为"怪哉"的虫子来了。但好像是触怒了先生。也许,"我"的无知或好学,竟有了一点捣蛋或挑衅的意味?先生"似乎很不高兴,脸上还有怒色了"。

"我"因此又体会到了一点人生经验,看来却是有点儿鲁迅的暗讽了:

> 我才知道做学生是不应该问这些事的,只要读书,因为他是渊博的宿儒,绝不至于不知道,所谓不知道者,乃是不愿意说,年纪比我大的人,往往如此,我遇见过好几回了。

"怪哉"虫名原出《太平广记》里的《东方朔传》。传说汉武帝道遇奇怪小虫，五官俱全。不识其为何物，遂问博学多才的东方朔。后者答，此虫名为怪哉，乃愤怨之气所结而生，意在不满、控诉秦政的暴虐无道、民不聊生。这本也是借题发挥的小说家言，故而托诸东方朔的故事。这里真的不太清楚鲁迅这样写有什么具体的深意，看上去有所指，实际却也道不明白，不敢落实。不过至少，一个少年对于成人世界的不信任感却是实实在在的了。

先生很和蔼，"我"又找到了自己的乐园，"三味书屋后面也有一个园"。园子虽小，但同样也是乐园。童稚之心实在是很容易满足的。只是玩兴常常会被先生催促读书的叫声所打断。三味书屋是读书的地方，不是玩耍的。但小孩们却是到哪里都是玩。——这篇写园子的作品，鲁迅就是在写孩童的玩耍玩兴而已。读书很无趣，先生颇可爱。读书得意时，"他总是微笑起来，而且将头仰起，摇着，向后拗过去，拗过去"。给人一种无比的享受惬意感。这也是孩童眼里的先生可爱好玩处。

如此可爱好玩的先生，读书入迷时也就成了我们的快乐时光。"先生读书入神的时候，于我们是很相宜的。"虽然不能到园子里玩耍了，但"我"的绣像却也有暇大获成功。鲁迅成年后的美术和艺术事业，有据可考的起点，应该就在三味书屋。寿镜吾先生没有教他艺术，但给了他一个发展艺术趣味的机会和空间。"我"的玩趣成就了"我"的艺术。正是有了这些玩耍的机会和记忆，童年的书塾读书生涯才会如此不失有趣和美好吧。

作品结尾了，鲁迅仿佛不甘地又露出了他的尖锐性。童年私塾里的绣像，后来"卖给一个有钱的同窗了"，这位同窗听说现在"已经做了店主,而且快要升到绅士的地位了"。呵呵,我似乎依稀看到了鲁迅"不怀好意"的微笑,他对于所谓绅士的攻击,正是这一时期的文章聚焦点。言外之意的顺手一击,活显出了鲁迅的辛辣文风和战斗个性,还带有那么一丝幽默和狡黠吧。

童年随风而逝。绣像"这东西早已没有了罢"。貌似回归了记忆中的童年或故事,实际恐怕是对于童年的告别。不管怎样,"我"再也回不去"我"的乐园了。百草园和三味书屋都只在回忆里,"我"的乐园早已经消失了。有着些微的惆怅。这种情绪在鲁迅作品中应该也是不多见的。他不常甘于陷于哀伤。不管怎样,成长成熟的过程无不同时伴随着种种代价的付出。这也成为人生和文学艺术的深刻动力。

八、《父亲的病》:庸医之恶与人伦反思

父亲之死往往成为一个人、尤其是青少年成长成熟的负面刺激,其影响有时甚至是决定性的。这样说虽有些极端、也不近人情吧。实际个案应该是各有自身的特殊性或复杂性。后面《父亲的病》直接写出了前面《五猖会》里的阴戾、威权父亲的生命末路,连带有"我"的人伦之痛。作品中诸多文字透出了身为人子的难言之隐痛、强抑之衷曲。有时,平静也实在是因为难以直接面对。

父亲的病就和治病及医生有关。作品大半篇幅是在写庸医之恶,不吝细节。近结尾时,转而白描出直面父亲之死的悲痛,和更深一层的人伦之思。文字间的紧张感使人读后久久不能释怀。我们每个人都是有父亲的,并且,都会面对父亲之死。

有时,情绪太强烈了,表现出来的样子却会走向反面。作品开头的笔调好像很是轻松。用幽默调侃、近乎冷嘲的叙事笔调写活了庸医

敛财害命之恶，正呼应了《呐喊》自序中的那句颇有点争议的名言："中医不过是一种有意的或无意的骗子。"但这一篇的主体是作家讲故事，讲自家的遭遇，和亲生父亲为庸医所害之死。《呐喊》自序的激愤和本篇的冷嘲，温凉有差，文体互别，叙述修辞的方式各呈其趣。就文学性的力度而言，冷嘲甚或在激愤之上。《父亲的病》更能使人产生切肤同情的人心共感。

敛财害命的庸医和"我"直接有关，"我曾经和这名医周旋过两整年，因为他隔日一回，来诊我的父亲的病"。从行文上看，"名医的故事"主人公实有其人，故事的可能之虚因为有了与"我"的真实联系，变成了一种逻辑真实，同时又和本文主题的"父亲的病"直接挂上了钩，完成了行文叙事的可信衔接。此后，则名医之为庸医的事迹就不再是故事，而成为"我"生活中的现实版，"我"的切身经验。作者对于名医/庸医的切肤之痛、之恨，就根源于自身实际的生活经验。

用"药引"之难写庸医之嘴脸，是本文的一大叙事手法。其中又略分两层，除"药引"本身难寻外，还有一层是暗讽了庸医的阴险敛财术。"可是说也奇怪，大约后来总没有购求不到的。"另一位名医也一样，"因为他一张药方上，总兼有一种特别的丸散和一种奇特的药引"。并且，"这一种神药，全城中只有一家出售的，离我家就有五里……陈莲河先生开方之后，就恳切详细地给我们说明"。鲁迅故家的败落，从小康之家而堕入了困顿，自身也沦为破落户子弟，究其经济原因，应该也有庸医敛财侵害的巧取与骗夺。由此可以再次体认到鲁迅之恨中医的隐私隐痛所在。

一旦医治无效，庸医的惯技便是设法推诿，便于自己全身而退。最大的推诿借口就是归之于"命"了。所谓"医能医病，不能医命……这也许是前世的事"。再神奇的药引，也管不了前世。中国人的问题也就到"命"为止——谓之认命。就此可以解释一切,解决一切。从"父亲的病"到中国人的"命",鲁迅的笔触就从自家故事深入到了历史文化的黑暗病灶。传统批判和思想启蒙的姿态砰然而出。父亲病死在旧时代,"旧事重提"则是新文化的产物。鲁迅的鲜明立场表现得非常充分。本篇主旨并不尽在悼念父亲。

"败鼓皮丸"是名医陈莲河开出的"一种特别的丸药"。本来就是针对所谓"医者意也"之类的说法,用科学方法予以深究当然无妨,鲁迅本也就可以只是暗讽一下而已。但他顺笔就联到了历史文化批判的层面,立意站位显然表现出了一种新时代文明价值观的思想色彩:

> 清朝的刚毅因为憎恨"洋鬼子",预备打他们,练了些兵称作"虎神营",取虎能食羊,神能伏鬼的意思,也就是这道理。

这就像是乞灵于符咒退敌一样,自欺而欺人,最终只能是自食恶果,文化破产,国家败亡。鲁迅是把庸医的某些骗术视为传统文化中的顽劣愚昧糟粕,它们愚弄国人数百千年,成为国民意识劣根性的顽疾积淀,而今必须猛喝唤醒力除尽净才行。他的所有写作都有意识融入了思想革命的主旋律。后文写得更加分明了:

> ……无论什么,都只能由轩辕岐伯的嫡派门徒包办。轩辕时候是巫医不分的,所以直到现在,他的门徒就还见鬼,而且觉得"舌乃心之灵苗"。这就是中国人的"命",连名医也无从医治的。

读到这些文字,在思想层面,当然可说作品是在明讽庸医的荒诞,实刺传统的愚昧,显见开启民智、倡导科学的必要性。同时在情感的表达上，从中也能深切体会到鲁迅个人的悲愤之情。父亲的病在很大程度上就是中国人的"命"的象征。悲愤于父亲的遭遇，尚属个人人伦情感；悲悯于国人的苦难，则是一种社会责任和文化使命的觉醒与担当。本文的思想立意显然要远高于对个别极端的庸医表现（骗术）的抨击与批判的动机。

父亲的病终于无力回天，甚至药石不进了。医生束手告退，但作品的行文却又进了一步：

> 从此我便不再和陈莲河先生周旋，只在街上有时看见他坐在三名轿夫的快轿里飞一般抬过；听说他现在还康健，一面行医，一面还做中医什么学报，正在和只长于外科的西医奋斗哩。

从鲁迅对陈莲河近状的描写里，可见社会的停滞少有改观，庸医的市场仍然广阔，而且还可能有进一步的恶化。鲁迅年轻时信奉的进化论，也许时时要被经验到的人心和社会的"退化"而打破。行文里最后那个语气词"哩"，则贯穿加强了这一段描述中对于庸医情状的讽刺和冷嘲口吻。

由陈莲河又说到西医了。自然顺接而下，下文就是作者对于西医——现代医学、现代思想的态度了：

> 中西的思想确乎有一点不同。……我的一位教医学的先生却教给我医生的职务道：可医的应该给他医治，不可医的应该给他死得没有痛苦。——但这先生自然是西医。

这当然讲的是现代医学和医生的人道及职业的伦理。以此和中医、中国传统思想形成对照。偏向于文明观念表达的大道理。但也并非就是简单、表面化的中西医学的优劣比较，实质应该是新旧医学、传统医学和现代医学、蒙昧文化和科学文明之间的价值观区别。在新文化启蒙洗礼之后，文化文明的价值立场表达在很多时候难免既鲜明又极端。鲁迅对于中西医学的态度是一个突出显例。他的思想目的主要聚焦于对传统伦理的文明批判。所以，作品紧接着的下段立即就写出了自己的亲身体验和中国式人伦考验。

> 父亲的喘气颇长久，连我也听得很吃力，然而谁也不能帮助他。我有时竟至于电光一闪似的想到："还是快一点喘完了罢……。"立刻觉得这思想就不该，就是犯了罪；但同时又觉得这思想实在是正当的，我很爱我的父亲。便是现在，也还是这样想。

不可谓鲁迅不大胆，简直是胆大到了大不韪的程度。但有了前文的"西医"思想的铺垫，这里才能见出"我很爱我的父亲"一语之深沉和凝重的真义。中国传统视作为"大不孝"的"思想犯罪"，从现代观念而言，则"实在是正当的"。鲁迅有过专业学医的早期求学经历，现代医学、人道主义的精神灌注在了他的人性关怀之中，也渗透进了他的人伦情感的价值判断和行为表现意识中。作为他所对照的反动面，无疑都是中国传统旧伦理。父亲的病、父亲之死，成为新旧伦理道德的一场大考验。也是作为人子的鲁迅发出自己心声的一次痛彻呐喊。

这就能明白作品此后至尾用对话白描出了父亲临终的悲惨，和"我"的悲愤与自责。这一段落中，出场了一位衍太太。这位衍太太在鲁迅的作品里并不是一个遭到激烈、直接贬斥的对象，但在"我"的记忆和主观情感中，她显然就是一个终落贬义的反面人物，下篇《琐记》一文开首就是她的登场。父亲病而将死之际，衍太太来了。"她是一个精通礼节的妇人"，教导我们如何给将死之人送行，并无可厚非。但她催促着"我"对着即将咽气的父亲连声大叫，却在"我"的心里留下了永久的创伤。在作者的记忆里，自己当时不能违拗衍太太的催逼，她是按照"礼节"要求做的，但"很爱我的父亲"的"我"，心里却以为不该打扰将死的父亲临终时的平静。然而，"我"还是不得不大声地叫唤着父亲，这是"礼节"的催逼和压迫。鲁迅用了三个惊叹号来描述自己当时的叫声："父亲！！！父亲！！！"多少年后，鲁迅再次听到自己的这叫声，假如我们也能听到他的叫声，其中自责的悲愤和惨烈的含义，恐怕要远过丧父之痛的哀情吧。因为"我"分明看到：

> 他（父亲）已经平静下去的脸，忽然紧张了，将眼微微一睁，仿佛有一些苦痛。
> ……
> "什么呢？……不要嚷。……不……。"他低低地说，又较急地喘着气，好一会，这才复了原状，平静下去了。
> "父亲！！！"我还叫他，一直到他咽了气。

即便是在记忆里，鲁迅想必也不会把自己打扰父亲临死平静的过错单纯地算在衍太太的头上。衍太太不过是个有着"平庸之恶"的俗人，也就是鲁迅笔下一再提到的"庸众"，她在《琐记》里还有种种不道德、极恶劣的品行，但在这里，她只是一个"精通礼节的妇人"。只能是"我"承担着自责的重压。不经意间，我们不能忽略了鲁迅的行文和思想的修辞术多在偶然中体现出浑然天成、恰到好处的意趣。

从作品开头的名医和陈莲河之辈，也许吧，衍太太的"礼节"就像是庸医术,她和陈莲河不过大同而小异,更像是个堪比江湖医术的礼教名医。礼教杀人一如庸医杀人,都是在以救人的名义和善良的理由,高尚而公然地施行着不义而无耻的勾当。这正是鲁迅痛彻心扉的同时,一定想要曲笔表达的文化批判的思想内涵。衍太太并不是父亲临死之际偶然出现和登场的;她只是另一个庸医罢了。

> 我现在还听到那时的自己的这声音,每听到时,就觉得这却是我对于父亲的最大的错处。

这主要已经不是在谴责衍太太的误人造孽,而是作者的自省和自我的审判了。衍太太之流以传统人伦为名,施行的其实是反人道之实。陈莲河之辈也不过是昭然若揭的行骗庸医而已。但"我"的"最大的错处"却在于因袭和屈从了礼教之恶的"原罪"。"我"被礼教所害,但"我"也在用礼教害人,并且,加害到的还是自己的父亲。说到底,"我"和陈莲河、衍太太们都有着文化血缘的相通性。正所谓"我是吃人者的兄弟"(《狂人日记》)。只是"我"后来成了"铁屋"里觉醒且发出了呐喊之声的那个"狂人"。作为一个觉醒者,"我"将承担启蒙和牺牲的使命。启蒙就从这"原罪"的挖掘和自我的审判开始。鲁迅文学的伟大境界和人格力量就体现在此。他最终的觉悟是把自己放在了启蒙者自觉到的牺牲者的历史位置上了。

《父亲的病》的题旨可谓幽远而深邃。貌似简单、显豁的结尾,实则蕴含着无比沉痛和深刻的思考内涵,内外两面都有启人无限的省察与深思。

九、《琐记》：日常琐记中的青春成长痕迹

《琐记》内容如题之义，看去多是日常生活中的琐屑之事、之感，拉杂写来，好像并无深奥暗语、微言大义。实则细察审度便见草蛇灰线隐约其中，字里行间绵延着情感生命的脉络；那些零碎、跳跃的断片，连贯着人生的成长和探索过程。可以说，本篇也算是鲁迅对自己青少年生活和成长记忆的一种简略版绘图——生长于老旧中国的一个传统世家子弟，如何在生活的磨砺、时代的冲击、世界的大势中，终于告别旧邦、投身新生的生命轨迹。我们可以把这篇《琐记》读作是鲁迅文学叙事中的青春成长散文。

"琐记"行文始于衍太太，恰如其分。在上一篇《父亲的病》里，作者已经简略交代过，衍太太"她是一个精通礼节的妇人"。对其人物描写刻画虽不正面，却也不算明显直白的贬斥。略含讽刺，不怼个人道德形象。人物褒贬之义，也可大致放过而不刻意追究。作者着眼扼要在大处，即对于所谓"礼节"的非人性、非人道的伦理批判。但在《琐记》里，一出场就以反语写出了人物之恶，褒贬情感显豁分明，而且作者的刻意反讽修辞也张扬得格外明显，甚至还有点夸张了。"她对自己的儿子虽然狠，对别家的孩子却好的"，这很有点使人愕然吧？下句就给出了缘由，"无论闹出什么乱子来，也决不去告诉各人的父母"。原来如此，成人（衍太太）的居心叵测就此成为一种叙事的悬念。相映之下，孩童的天真烂漫就变得很危险了，无形中就会失足落进受害的坑里去了。因为衍太太的"好"，使得"我们就最愿意在她家里或她家的四近玩"。殊不知，"我们"其实就身处险境中了。

鲁迅用了漫画式的随意几例，衍太太的伪善面目就昭然若揭、形

神毕现。人物性格和内心世界的刻画，几乎都在不经意间的寥寥笔触中。比如，"和蔼地笑着"蛊惑诱骗小孩们冬天比赛吃冰，用春宫画调笑侮辱小孩，两面三刀假充好人，小恩小惠拉拢小孩，诸如此类。看似平常的成人之恶，戕害的却是孩童的是非观念。因为，"虽然如此，孩子们总还喜欢到她那里去"。这就是"一个精通礼节的妇人"的真假善恶两副面孔了。

而且很快，这种平庸之恶就使"我"深陷进了莫名的罪恶感中了。"父亲故去之后，我也还常到她家里去"。而且，"我"也似乎有点长大了，不再和小孩们玩耍，"却是和衍太太或她的男人谈闲天"。这样，生活的话题、家庭的日常、经济的困窘之类，自然成为"谈闲天"的内容。想不到"精通礼节"的衍太太竟然会露骨地教唆"我"去偷取、偷卖母亲和家里的东西，名义上还是为了"我"的利益。这显然有违"我"的道德观，"这些话我听去似乎很异样，便又不到她那里去了"。

这里，鲁迅写得很有分寸感。虽然读者不难看出衍太太的教唆之恶，但对故事中的"我"来说，毕竟尚未成人，是非判断上还很难形成明确的恶感。所以行文中只是很有保留地写出了一点心理不适和行为变化，并无深究。这其实也是鲁迅叙事艺术中的一种自觉技巧运用——在作品（人物）叙述中，作者立场的有效节制。

但这也就有了紧跟着的后续情节高潮。一方面是衍太太的教唆产生了暗示性的心理后果，"有时又真想去打开大厨，细细地寻一寻"；另一方面是更加严重的社会舆论恶果，即"流言"。——鲁迅说过，自己一生为流言所伤，或就起源于此：

> 大约此后不到一月，就听到一种流言，说我已经偷了家里的东西去变卖了，这实在使我觉得有如掉在冷水里。流言的来源，

我是明白的,倘是现在,只要有地方发表,我总要骂出流言家的狐狸尾巴来,但那时太年青,一遇流言,便连自己也仿佛觉得真是犯了罪,怕遇见人们的眼睛,怕受到母亲的爱抚。

这段话可谓痛彻心底。"流言"对鲁迅的思想和人生的冲击力度及灾变式后果,也许并不亚于兄弟决裂,或进化论的"轰毁"吧。此前,鲁迅的最直接的社会认知经验之痛,应该要算是祖父科场案所引发的一连串遭遇了吧。相比于狂风暴雨的经验,类似衍太太和流言之恶的日常生活细节伤害,一般会被人忽略其中的重要性或敏感性。但,当事人自己的心里是体验、知道得很清楚的。这种切身经验和切肤之痛,会影响、甚至会主导了当事人的生活和生命轨迹。所谓人生早期经验的重要性乃至决定性,正在于此。而流言也就此成为鲁迅一生认知社会、判断他人、洞悉人心的一个特殊媒介和标志,有时也更像是一个概念、符号或象征,寄托、凝聚着特定的情感和思想的含义。

好。那么,走罢!

读到这一句,我总是有点吃惊的。因为从本篇的叙事流程看,鲁迅是把"走异路,逃异地"的人生转轨原因归结到了衍太太之流的日常生活流言伤害,而非一般(愿意或倾向于)理解的重大社会历史或人生家庭事件等显著、特定原因上。似乎是有点儿小题大做了。这会是一种刻意的叙述策略吗?

或许此刻我们应该再度回顾一下这篇作品的题目《琐记》的意味了。琐记所记,字义表面看是生活之琐碎,内里应更在琐碎中的意味涵义。如果没有言微旨远的深意隐义,琐碎所记也就毫无意义,《琐记》之作就无必要。故而,琐记之琐碎当然是一种手段或形式,是一种叙事的文体内容的特色形式构成,彰显出的既是琐碎之生活相或社会世相,同时也就是琐碎所蕴涵的内在真实性和广义象征性——日常生活既是作者人生的真相,其中也积淀了人生成长的决定性动力和精神性根源。所有社会化的因素只有汇入个人的生活和生命之中才能形成、产生出真实的作用。琐碎历炼而成真金。在此意义上,《琐记》可说是一篇四两拨千斤的作品。有如这一句简单且干脆的话:"好。那么,走罢!"没有也不需要宏大叙事,这是生活(合力)的琐碎产生的宿命般的结果。

于是,我们也就切近理解了作者其后的说明:

但是,那里去呢?S城人的脸早经看熟,如此而已,连心肝也似乎有些了然。总得寻别一类人们去,去寻为S城人所诟病的人们,无论其为畜生或魔鬼。

这些话说得太决绝了。琐碎生活的体验中,诞生和升华成的是反向的、精神性的意志和力量。鲁迅笔下寻找"新的人""真的人""觉醒的人"的主题开始出现了。所谓别一类人、"为S城人所诟病"的人,甚至"无论其为畜生或魔鬼"的人,这便是真正的思想革命者的(精神和人格)形象了。隐隐约约这也浮现出了日后鲁迅在日本心仪的"摩罗诗人""精神界战士"(《摩罗诗力说》)的形象了。

现在,"走""寻"的方向和对象,首先是新的知识世界。鲁迅在琐碎的生活后,终于觉悟而踏上了求学新知、进而从古老中国传统到崭新世界未来的启蒙人生之路。

作品里没有"高大上"的概念说教,只是沿着《琐记》的连续笔法和自然脉络,继续"琐碎"地伸展开去。甚至还不乏轻松幽默之笔。城里被笑骂的新学堂,只因为教授了"洋文和算学",就成为"众矢之的"。这个例子看似随意,实则反映了作品的叙事转向和主题呈现——透露出了《琐记》的主题指向在于:"我"在旧世界看到了新事物新希望,这使"我"能够以求学新知识的方式逃离旧世界,也就是开启了"我"的人生新时代。青春成长的精神叙事和思想启蒙就此成为这篇作品的显豁主题。但在写法上,琐碎依然。只是和对待流言的态度一样,对阻碍维新变革的传统守旧派,鲁迅也予以了连贯当下现象的针砭:"大概也和现今的国粹保存大家的议论差不多。"时代变局、革新大势当前,对于螳臂当车的守旧之流,鲁迅其实是语含轻蔑的。

宏观一点看,鲁迅遭遇和面临的是中国千年变局中的传统浴火新生的时刻,在此重大历史转型关头,他必须凭借自己的眼光和胸襟作出决定性的方向和道路抉择。就此而言,《琐记》的日常叙事实实在在地指向了中国历史发展的宏大主题。而就个体或知识阶层而言,一代人的思想和价值观更新也在此过程中完成——鲁迅迈出了从一个士大夫破落户子弟走向现代启蒙知识分子的第一步。中国现代新文化旗手和巨人的身份标志也在此刻留下了历史的最初烙印。

鲁迅的第一站是南京。原因他也说得很分明:

……我对于这中西学堂,却也不满足,因为那里面只教汉文,算学,英文和法文。功课较为别致的,还有杭州的求是书院,然而学费贵。

无须学费的学校在南京,自然只好往南京去。

进了南京的新学校,鲁迅的期待当然也并未得到完全的满足。从作品对南京的江南水师学堂的描述来看，新瓶装旧酒、新学堂旧人格、表新里旧的色彩相当明显，鲁迅对此的不满是很显然的。而且，笔触之间仍时时关联到当下的弊端，指向现实的暗讽之意会时常流露出来。比如"螃蟹式的名公巨卿""挺然翘然""做学生总得自己小心些""乌烟瘴气""正人君子""名士"等，都有作者亲历的真实出处。既如此不满，那就干脆换一个学校，鲁迅进的南京第二所学校是江南陆师学堂附设矿务铁路学堂。这次总算有了"都非常新鲜"的体验和感觉。不仅课业换新了，学校主要领导也新任了一位"维新派"大人物，鲁迅笔下出现了一段后来很有名的情景：

> ……第二年的总办是一个新党，他坐在马车上的时候大抵看着《时务报》，考汉文也自己出题目，和教员出的很不同。有一次是《华盛顿论》，汉文教员反而惴惴地来问我们道："华盛顿是什么东西呀？……"

脱身故家旧风俗的鲁迅终于置身在时代大潮的新风气中了。"看新书的风气便流行起来，我也知道了中国有一部书叫《天演论》。"——新世界就此在鲁迅眼前真正全面打开了。如果说真有所谓世界观的话，那么，物理、实在、感性和思想、精神、理性的多重、多层面的世界观、价值观内涵，就伴随着《天演论》启蒙的科学观和进化论，在鲁迅心里扎下了根。思想一经启蒙，人生的境界随之巨变。从此，鲁迅眼里所见就不再只是旧世界旧传统的羁绊了。过往的衍太太们又何必论哉。"本家老辈"的教训也只当作了风过耳。"仍然自己不觉得有什么'不对'，一有闲空，就照例地吃侉饼，花生米，辣椒，看《天演论》。"意气风发，特立独行，大致可以形容青年鲁迅彼时的心态和姿态。《琐记》至此,已经基本完成了作者早期生活经验阅历的记叙和回忆,并且链接上了人生新路的出发和起步。未来的方向和目标也在"琐记"过程中比较清晰地出现在了可预见的前方。

可是,人生、历史和现实都不会一直是令人兴奋和顺利的,《琐记》的行文也是一波三折。流行新风气的学校也有了要被裁撤的风波。这几乎就像是维新之殇的隐喻,也是中国进步变革中曲折过程的象征。中国究竟改变了什么?又改变了多少?改变中国的出路应该向何处去寻找?鲁迅身处西风东渐愈来愈盛的时代,"向西方学习"的现代思想文化启蒙成为一种时代新思潮的大趋势。绝望于中国变革的现状,或者说为改变中国进步变革的绝望现状,鲁迅认为"所余的还只有一条路:到外国去"。此前的到南京来,多少还有点不得已的无奈的选择,并非完全自觉,所以曾用了"走异路,逃异地"的说法,现在的要"到外国去"则是一种完全自觉的目标追求,是理性权衡思考的决定。这时的鲁迅已经拥有也做好了为中国的变革而投身世界的信念和准备。他的新世界观和价值观已经基本成型,需要更加充分和扎实的知识、更加丰富深厚的社会实践予以进一步的夯实和提升,当然也需要在此过程中确定一条适合自己的职业人生道路。他开始了自觉意义上的走向新世界、寻找价值实现的人生旅程。

这一过程中也点缀着暗讽或戏剧性的生动细节,符合"琐记"的叙述风格逻辑。留学生前辈煞有介事的谆谆教导,结果被证明为都是虚妄和错误。看来留学的经验或光鲜的履历并非重要,在日本顶着富士山样的辫子帽跳舞的也是出洋的中国留学生(《藤野先生》),自身的实践、思想的启蒙和精神境界的拓展与提升,才能造就改变中国的一代新人。《琐记》结尾看去也还是琐记——关于哭得死去活来的祖母,关于中国袜子和日本钱币的喜剧,折射出的是主人公(作者)个人的觉悟过程和变革中国的大主题。如果说"衍太太"的阴魂不散，中国社会就没有觉醒的希望，那么，鲁迅则将这一篇日常《琐记》的青春成长叙事写成了一代新人诞生的"非虚构"文本。本文正好写到新人之"我"抵达新世界的前夕。

十、《藤野先生》："弃医从文"的人间"惜别"

《藤野先生》是篇不同凡响的名作。最大的原因应该是其中有着鲁迅弃医从文的自述，其次也许就和鲁迅满怀感情地写了自己的一位日本老师有关吧，后者成为百年间中日友好关系中的一个历史佐证。作品的特殊意义常被视为超过了同样是写自己老师的《从百草园到三味书屋》。当然这样的比较并非必须，甚至可谓多此一举。

同样，体例安排上看《藤野先生》是上篇《琐记》的下篇——《琐记》结束在作者"到外国去"的叙事结点上，《藤野先生》就是作者的外国生涯纪实了。《藤野先生》的写法、题旨、气象，当然应该有所区别于《琐记》吧。但宗旨归宿并无二致。换言之，《藤野先生》在艺术上有别于《琐记》的叙述方式，思想上则仍有强烈的呼应和重合——只是前者作为已经成长了的"新人"的叙事视角，展现出了更加崭新和升华了的世界观，包括对于个人成长的自觉思考和价值关怀。

著名的弃医从文虽然是个大关节，但在鲁迅的这篇作品中，这个大关节却只是"混迹"在了作者对于日本老师藤野先生的个人化记忆的叙述中。不像是在有心叙述重大事件，倒更倾向于一种私人情感的表露方式。也许，这也就是文艺性作品与一般议论性杂文在审美性（特征）方面的不同品质体现吧。

作品首句乍看之下很是有点突兀。看不惯或小瞧了东京的原因何在？作者用明显讽刺的笔调直截了当地拎出了"成群结队的'清国留学生'"的忸怩丑态。厌恶之情形诸笔墨。而且，更进一步，"学跳舞"出自"精通时事的人"之口，可想而知"清国留学生"的日常生活风尚该有多么的声色糜烂。同是一国留学生，鲁迅怎能忍受与这种同胞朝夕过从？！但这种人却麇集于繁华的东京。勿怪他忍不住要说"东京也无非是这样"了。实在是不耻于与这种人为伍。就这样，开头两段的几笔就把东京的生活交代过去了。叙述简单、干脆，且不失生动、有力。紧接着，正文也就随之一带而出："到别的地方去看看，如何呢？"

鲁迅行文的高明处，常在关键时刻见出四两拨千斤的老辣手段。如上篇《琐记》中那句"好。那么，走罢！"令人叹服。看是轻描淡写，自然平常写出一句，实为人生重大转向的抉择和决定，起因则貌似琐碎小事如跳舞之类。笔墨内里的是作者胸襟气度、理想期待的写照、寄托和隐喻。真不足为他人道啊。如果说《琐记》是在平常中写出了为什么要离开家乡故国去南京和日本，本文《藤野先生》就是写出了为什么要离开东京去仙台，接着又为什么离开仙台返回东京，包括回到东京干什么。这些都是鲁迅人生的大关节。一如"走异路、逃异地"，鲁迅写得平常，读者不可等闲视之。行文既见修辞艺术之妙，更需体会作者行文心理之内核动因。

去仙台的心情其实并不很好。作者回忆当年并无欢快之感。途中经过一个驿站，叫作日暮里。鲁迅说："不知怎地，我到现在还记得这名目。"1990年代中期以来，每次我从成田机场降落乘电车去上野，那是转到文京区本乡东京大学赤门的惯常路线，途中每次也都要经过日暮里站，每次都不免同样会想到鲁迅的这句话。鲁迅有诗云"日暮客愁集"，出自早年的《戛剑生杂记》：

> 行人于斜日将堕之时,暝色逼人,四顾满目非故乡之人,细聆满耳皆异乡之语,一念及家乡万里,老亲弱弟必时时相语,谓今当至某处矣,此时真觉柔肠欲断,涕不可仰。故予有句云:日暮客愁集,烟深人语喧。皆所身历,非托诸空言也。

鲁迅此言此句虽是化用了古人诗句成说,却是自家感同身受的肺腑之语,所谓"皆所身历,非托诸空言也",实有冷暖自知之意。据现在所知,这也是迄今所见鲁迅的最早作品,写于1898年负笈求学南京之时。"日暮"的意象和修辞有其实在的典故依据和审美心理的支持,嵌入了鲁迅的文章行文思维中,下笔自有惯性,以旧出新,浇胸中块垒。因为后人考据说,鲁迅留学时代,尚未有日暮里一站。但我以为这并不能完全否定鲁迅当年可能看到过道路沿线有日暮里的地名;或后来知道了日暮里的站名。文化积淀和个人亲历的重影叠加混杂在了鲁迅的记忆中。待到20多年后行文《藤野先生》时,"不知怎地,我到现在还记得这名目"。重要且有意味的是作者主观心理的记忆真实性。日暮里,一个激发、唤醒或呼应了鲁迅内心积淀的个人伤感情怀的地名和修辞符号。而且,这在全篇中,还将与"我"对藤野先生的缅怀之情相连接,一种复活了的人间"惜别"。鲁迅的幽情和深思也许在此啊。

还有"明的遗民朱舜水先生客死的地方"水户。我的记忆里,大概是在东京大学农学部的附近,还有朱舜水的纪念碑,我曾散步往访过几次。也是因了鲁迅的这篇作品,我专程去过水户,但记忆里竟然对去访细节了无印象,只记得在某处迷了路。鲁迅提及水户和朱舜水,并还记忆相对深刻,这应该是和"明的遗民"身份有关。朱舜水的

"反清复明"与鲁迅年轻时在日本开始投身的"反清排满"民族民主革命,正有着共通的民族主义情感的深刻维系。朱舜水的海外流亡命运及遗迹当会触动求学异邦的弱国子民周树人的心怀。所以他留心专记了一笔。

终于到仙台了。不大的市镇,冬天极冷,没有中国留学生。这是鲁迅对于仙台的寥寥介绍,也是最初的印象吧。并不见有初来乍到的年轻人的兴奋与好奇。中国江南人当然会敏感到日本北方仙台的寒冷,但这里至少满足了鲁迅此行的主要目的——没有中国留学生。(后来学者考据得知,其时还有另一位中国留学生也到仙台了,只是在鲁迅的回忆中"失踪"了。)他正是为了回避东京"跳舞"的同胞才远道北来的。

我总感觉鲁迅在仙台的生活并不见得愉快,这从他一到仙台就是这样了。作品对于仙台初期饮食起居的生活描述,既感受到善意的对待,同时也有明显的揶揄。但在"可惜每天总要喝难以下咽的芋梗汤"之后,叙事立即进入了作品的主题部分,几乎没有过渡和引导,快速推进到了作者的学校生活,缓急之间的行文张力给人一种果断而有力的感觉。紧跟着上面的"芋梗汤","从此就看见许多陌生的先生,听到许多新鲜的讲义"。而且,作品主人公藤野先生的出场极为迅速,毫不拖泥带水,几乎还是以一种人物特写、亮相造型的方式登场的。行文上可以判断,作者明显故意略过了其他课程和老师的介绍,就直奔着藤野先生而来:

> 解剖学是两个教授分任的。最初是骨学。其时进来的是一个黑瘦的先生,八字须,戴着眼镜,夹着一叠大大小小的书。一将书放在讲台上,便用了缓慢而很有顿挫的声调,向学生介绍自

己道:

"我就是叫作藤野严九郎的……"

按常规,接下来就要叙述藤野先生的讲课了。作品下文也确实开始简述了藤野先生的讲课。但是,在此之前,鲁迅插入了一句听到藤野先生自我介绍后,"后面有几个人笑起来了"。但又并不马上解释为什么"笑起来"。这就至少产生了两个叙事效应,一是教室现场的带入感,除了藤野先生和学生,教室现场还有发出奇怪笑声的特殊人物,明显和其他一般学生不同,这使叙事空间的人物关系油然而生出了一种异样的生动性。二是悬念和期待心理的产生,到底谁在笑、为什么笑呢?这种笑声笑意一定会和藤野先生的故事有关吧?鲁迅不愧是文学写作的大手笔,看似无意的随笔,暗藏着叙事的机关技巧。

作品写到的藤野先生上课"首秀"里,还有一个可能会被忽视的细节。日本"翻译和研究新的医学,并不比中国早"。这句话也绝不会是无意之笔。此前还有一句是,在日本的解剖学历史文献中,"起初有几本是线装的;还有翻刻中国译本的"。尤其是后一句,暗含了一个呼之欲出的问题:为什么中国的医术和"新的医学"起步较早却后来落伍了,日本倒是后来居上了呢?一个小小的细节,指向的却是一个国家现代化发展中的大大的问题。而且,也无形中回答了中国人留学日本的历史原因和现实背景。

"我"最早对于藤野先生的了解,就来源于教室后排那几个发出笑声的不及格留级生。作品先是用间接叙事的方式,勾勒出了一个不修边幅、不拘小节的落拓知识者的形象。很快,藤野先生就和"我"有了直接接触,他检查了"我"上课抄录的讲义,并且规定了以后定时提交讲义。藤野先生对"我"讲义的审改,是作品中"我"之深受感动的第一个主要情节：

> 我拿下来打开看时，很吃了一惊，同时也感到一种不安和感激。原来我的讲义已经从头到末，都用红笔添改过了，不但增加了许多脱漏的地方，连文法的错误，也都一一订正。这样一直继续到教完了他所担任的功课：骨学，血管学，神经学。

这让我联想到读研究生时，第一次遵师命提交了一篇课程论文给导师。等发回我手上时，我看到的第一眼，就像鲁迅一样"很吃了一惊，同时也感到一种不安和感激"。原来导师已经细细地全文订正了我的文章，布满了红笔。最使我意外和感愧的是，导师把我文章中的引文也做了订正，添加了脱漏的文字，还将引号内外的句号位置做了订正。这一定是核对过引文的原文才能这样订正的。从此，一旦我有所懈怠，仿佛导师就会站到我的面前。藤野先生订正过的讲义，对"我"显然产生了此时无声胜有声的巨大鞭策作用。作者获得的是一个人生的榜样和一种人格魅力的感染。这或许也成为作者本文写作的一个基本动因。

而且，藤野先生是一个诲人不倦的好老师。有教无类、因材施教，对"我"的"太不用功"和"有时也很任性"的表现，他的态度仍是"和蔼"的。对比之下，作者的反省也说明了"我"终究不能成为一个医生或科学家；照着一般眼光看，"我"也不是一个守规矩的好学生——在寿镜吾先生的私塾里，"我"也并不安分。循规蹈矩正是文学者天性的天敌。作者注定要做革命的文学家尤其是杂文家的。

"我"的考试成绩总算还好，"我"和藤野先生的关系又近了一层。作品对藤野先生的记述也进入到了更直接、更深入一点的精神领域。

那次藤野先生"很高兴地"召见了"我",他之所以高兴的原因是,"我"能够不受"鬼神"观念的束缚,敢于解剖尸体。藤野先生的这段话,既表扬了"我",其实也是指他对于中国人文文化的了解和兴趣。这是一种文化观念层面的交流,同时暗含着鲁迅的一点言外之意,即对于中国历史文化传统陋习的批判动机。思想的启蒙革命是鲁迅最为强烈和自觉的使命意识。这也就能理解作品接下来的叙述行文了,藤野先生提到过中国女性的"裹脚"。"我"为此感到"很为难"。无疑,中国的"小脚文化"使"我"深感耻辱。鲁迅后来曾用杂文对中国女性历来受到的摧残和压迫表达了无限的同情和愤慨,当然同时也就对传统性别陋习予以了猛烈的抨击和诅咒(如《我之节烈观》《娜拉走后怎样》等)。这其中恐怕也有他的自家隐衷之痛——家族长辈就有深受小脚之苦的女性,父母之命的妻子也是一位小脚女性。从身体观念看鲁迅的价值观,"天足"才是符合人性的健康标准,也是文明标准。最早激发出鲁迅思考这一观念的人,恐怕就是教授解剖学的藤野先生吧。医学和科学的专业观念也就是文化和文明观念的具体化。

这些都算是对于藤野先生的正面铺垫描述,接下去就进入了作品的高潮部分,也是由藤野先生引发出来的。这先是考试题目泄密的"漏题风波",而后便是"幻灯事件"导致的弃医从文。

"漏题风波"可谓捕风捉影、无中生有的猜忌、中伤和污蔑。从作品叙述来看,"我"虽然最终还了自身的清白,但内心的冲击影响并未消除。"中国是弱国,所以中国人当然是低能儿,分数在六十分以上,便不是自己的能力了:也无怪他们疑惑。"郁闷、幽愤之心溢于言表。此刻,也能联想起郁达夫作品《沉沦》的主人公沉海赴死时发出的悲哀、伤痛和绝望的呼叫:"祖国啊祖国,我的死是你害我的!"我们后人能理解百多年前最早几代走出国门、投身异域、寻找前程的中国留学生的内心苦衷和精神世界吗？中国走向世界之路上有着前辈的人生创痛代价。"漏题风波"究竟是叙实还是虚构，是史实还是创作，已经不重要了，重要的是作者的文学真实和心态真实，回忆还原便是对这双重真实的确认和强化。我们依稀也能见出一点作者敏感、自卑于被伤害的心理倾向。家国民族情怀和个人自伤自悼混杂一体，纪实和虚构的交织缠绕提升了作品的情绪感染力。

更有甚者，"幻灯事件"使"我接着便有参观枪毙中国人的命运了"。作为旁观者的"我"的内心风暴终于形成。个人意识的主观代入，"我"倒成为事件的主角：

> 偏有中国人夹在里边：给俄国人做侦探，被日本军捕获，要枪毙了，围着看的也是一群中国人；在讲堂里的还有一个我。
> "万岁！"他们都拍掌欢呼起来。
> 这种欢呼，是每看一片都有的，但在我，这一声却特别听得刺耳。此后回到中国来，我看见那些闲看枪毙犯人的人们，他们也何尝不酒醉似的喝彩，——呜呼，无法可想！但在那时那地，我的意见却变化了。

这段叙述不止于让读者明白了鲁迅"弃医从文"的直接缘由，同时也呼应了作者一生创作和思想表现中的许多相关特点。我们可以见出《药》里面争吃人血馒头的华老栓们的影像，《野草》里兴奋围观嗜血决斗的一众看客的嘴脸，甚至，《狂人日记》中的"我"也在里面现形——因为"在讲堂里的还有一个我"。这一点尤其深刻，此时此刻，"我"也几乎成了双重可能的同谋：在外人眼里，"我"也是被鄙视的中国人，被砍头和围观同胞被砍头的中国人；在"我"自己的内心自省,同样是袖手旁观、无能为力,形同看客无异。沉默、绝望,不在沉默和绝望中灭亡,就在沉默和绝望中爆发。"那时那地,我的意见却变化了。"鲁迅作出了一生中的一个最大抉择:"弃医从文。"他要先于身体而救治中国人的精神。而这首先也是他对自己的精神拯救。

只是如此宏大的主题思想却并没有继续展开宏大的叙事渲染,作品行文紧接着就回落到了极具个人情感色彩的私人性叙述:"我"专门去向藤野先生报告,自己将放弃医学的学习,并将离开仙台。显然,"我"并没有将"弃医"的真实原因告诉藤野先生,因为后者的"悲哀"和"凄然"的神情,使"我"甚至还想着要用善意的"谎话"来些微地安慰一下自己的老师。而藤野先生的反应也充满了师生间的私人情感色彩,至少作者是这样描写和叙述的。尤其是这一句,藤野先生听了后,"似乎想说话,但竟没有说"。真是此时无声胜有声啊。他是真心关心和留恋这个"清国留学生"的。作者显然感受到了这一点,笔下还原出的师生间的简单对话,真是伤感至极。所以也才催生出了20多年后的这篇作品吧。"弃医从文"当然重要,但异国师生的人间情怀也深埋在"我"的心底,一直在萌动、发芽、生长,最后以文学的方式破土而出。

"惜别"的时刻要到了。藤野先生对"我"的关爱,通过几个小细节表露无遗。我以为这是作者的纪实之笔。先是邀请"我"到家,送给了"我"一张写有"惜别"二字的照片,还嘱"我"也送一张照片给先生。"但我这时适值没有照相了;他便叮嘱我将来照了寄给他,并且时时通信告诉他此后的状况。"如此细腻而多情,藤野先生对"我"的惜别之心,真是溢于言表,透彻纸背。

但有意思的是,作品后段写了自己与藤野先生一别之后,"竟没有寄过一封信和一张照片"的原由,实在就像是一别两宽,从此相忘啊。

或者也有点像是学生愧对先生的心理吧。只是从《藤野先生》这篇作品，我们却能看出作者的内心深处已经烙下了先生的音容笑貌和精神气质。某种程度上，藤野先生堪称是鲁迅的现代知识人格、科学思维、人间关怀情感的启蒙导师。

> 但不知怎地，我总还时时记起他，在我所认为我师的之中，他是最使我感激，给我鼓励的一个。有时我常常想：他的对于我的热心的希望，不倦的教诲，小而言之，是为中国，就是希望中国有新的医学；大而言之，是为学术，就是希望新的医学传到中国去。他的性格，在我的眼里和心里是伟大的，虽然他的姓名并不为许多人所知道。

每次读到鲁迅的这段话，我都会有一种震撼感。一是鲁迅对于藤野先生的充满了真挚感情的评价之语，二是这种评价的深刻理由。"小而言之，是为中国"，"大而言之，是为学术"。鲁迅将自己的超越性情感和价值思考立场赋予了自己对于藤野先生的升华性理解。这一段也是本文在全篇个人化叙事中几乎唯一的直接关涉宏大题旨的明确正面表达。我只能说，作者太爱他的异国老师了。这种师生情在鲁迅一生中，也只有章太炎可以相比了。那是在鲁迅告别了藤野先生、离开仙台返回东京之后大约两年，他遇见并结缘、一生师事的中国学者宗师。

太炎先生是名满天下的大学者、革命家，且有功于中华民国的建立；鲁迅后来撰文评价太炎师为"有学问的革命家"，绝笔之作也与太炎师有关，名为《因太炎先生而想起的二三事》。相比之下，藤野先生只是寂寂无名的普通教师，并无功名事业可言，但在鲁迅眼里和心里都视其为"伟大的"恩师。这篇《藤野先生》也足以和鲁迅悼念自己中国老师的《关于太炎先生二三事》名文相比肩。前者主要是私人情感的表达、理解和感恩、自省,后者用心彰显的是社会、时代、政治、学术文化的价值公论,写作的立意出发当然大有不同,但两者贯穿一致的是对两位老师的人格精神和性格意志的高度褒奖评价,都视之为自己成长和生命中获得巨大激励的价值楷模。从藤野先生、太炎先生到鲁迅,伟大的文化人格和献身精神一以贯之地构成了他们共同的生命底蕴和生活主线。

分手后虽然一直没有给藤野先生寄过信和照片,但"他所改正的讲义,我曾经订成三厚本,收藏着的,将作为永久的纪念"。鲁迅的深情和长情,也在这"纪念"的方式里表达得极尽真挚了。不仅如此,藤野先生当年惜别赠送的照片,"至今还挂在我北京寓居的东墙上,书桌对面"。待作品临近结束,深切动心的怀人题旨又折返到了冷峻严肃的现实世界。藤野先生"黑瘦的面貌","抑扬顿挫的话",促使"我""良心发现","增加勇气",成为"我"不屈不挠、直面现实的韧性写作的精神动力和不懈鞭策。记人之作的文体修辞归结于刚猛激烈的鲁迅式杂文风格。现实世界再次浮出在了历史记忆的行文之上。

也许这才是鲁迅回忆藤野先生并写作此文之际同时觉醒、动荡着的深刻现实心态。正所谓"我不愿意想到目前",恰是"目前"的不能忘怀;"于是回忆在心里出土了"(《故事新编·序言》)。回忆者,现实的替身耳。现实植入了回忆,回忆印证着现实。回忆成为作者和我们诉说现实的一种文学方式。历史和现实有时就是作者书写的自我对话。

十一、《范爱农》：自伤自悼"等轻尘"

最后一篇是《范爱农》。《朝花夕拾》集中写人、怀人之作占了大半，虽然有的篇名并不以人物为题。而且，因为是写作者切身的回忆之作，"我"作为作者、叙事者、作品人物三者，往往三位一体，同时产生文学叙事的文体修辞功能。唯独这一篇《范爱农》，我把它特别读作为作者的自伤、自悼之作。范爱农形同另一个鲁迅的身影，借用现在的网络概念说就是人设——范爱农近似鲁迅的一个人设。全篇充满了"我"与范爱农的情景互联、交织叙事的对写推进行文。写"我"连带着范，写范也多有"我"的在场。在情节连贯和推进功能上，"我"常常可以和范互相置换，并无违和，相反倒更增添了别一种自由、敞开的笔调氛围。这对一种具有悲剧色调的作品来说，或许也更能在不同段落处相应起到些许或节制、或强化的技术性调节作用。

开篇并没有写范爱农。几大段都用叙述的方式交代了本文的历史背景和氛围形势，留日学生反清排满运动的革命气息渲染、铺垫得分外强烈、鲜明。比如，开首就说留学生早上起来就"看报"的习惯，连带后文所说的"不专看教科书"之语，就把留学生关心时局更胜于学业的日常状态写得很分明了。其间，大家"容光焕发"的神情，更是对于情状氛围的画龙点睛之笔，非常传神。而革命形势之激烈，政治斗争之残酷，则在关于徐锡麟的行刺及被杀的转述中揭示得淋漓尽致。对于作品而言，这些只算是引言，一种时代和环境的氛围烘托，更是为范爱农的出场做下的铺垫。同时，"我"也在现场。本篇的"惯技"就是写范而时时有"我"在，且由"我"写。

果然，范爱农的出场似乎就是专和"我"作对的，这在行文修辞上也明显是一个悬念。而且，范出口的第一句话就很糙，不合情，不耐听，不受用。接着是对范的外形描写，印象深刻的是"高大身材，长头发，眼球白多黑少"，尤其是"看人总像在渺视"，"我发言大抵就反对"。范爱农就此和"我"关联纠缠"杠"上了。"是谁呢？""有那么冷？"范爱农是因行刺而被虐杀的徐锡麟的学生。作为读者，我们也会有此一问。无怪作者"非常愤怒了，觉得他简直不是人，自己的先生被杀了，连打一个电报还害怕"。两人发生了直接争执。这是一次积怨已久的短兵相接的冲突，而且还是连续的难解难分的争执。范爱农的出场形象可谓糟糕透顶，非常的负面。出言不逊，孤僻犯众；桀骜不驯，偏执极端。用现在的话说，就是情商极其低下，拉黑一切地怼天怼地怼世界，十足一个孤家寡人。最后穷途末路的悲剧命运也就埋下了先兆伏笔。从这第一次冲突的描写和叙述，看出"我"对范的印象和评价实在是极低的。以至于还这样专写了一段：

> 从此我总觉得这范爱农离奇，而且很可恶。天下可恶的人，当初以为是满人，这时才知道还在其次；第一倒是范爱农。中国不革命则已，要革命，首先就必须将范爱农除去。

作者的这段话，或者说当初"我"的这种想法，应该是越写越"出格"了。甚至很有些失去分寸感地出界了。一般表述和修辞上都是如此。固然也是一种幽默，夸张行文，但总感觉有点用力过猛，刻意为之，又何至于此呢。我写下这几句话，忐忑着，这就算是我对鲁迅的一点小小的不敬、不解和批评吧。但作品的一个目的是达到了，就是"我"和范的严重不睦与交恶差评由来已久。

随着两人的交集多年疏远，彼此后来也就淡忘了吧。到底也谈不上曾经有什么厚谊深交。直到回国后在故乡再次邂逅相见。毕竟是故人，而且是革命时代海外留学生涯的同乡故人，两人瞬间就认出了对方。这一刹那，表明了两人其实都留在对方的心底里了。"不知怎地我们便都笑了起来，是互相的嘲笑和悲哀。"这一句话写尽了"我们"这一代人的时代境遇，不仅是生活，还有"我们"的思想和内心。如果熟悉鲁迅小说《孤独者》《在酒楼上》等，就会明白其中意味。"嘲笑和悲哀"，其实就是自嘲自怜和自伤自哀。"我"和范爱农过的是一样的人生。彼此对视的笑，正是同类同道中人的内心苦楚，尽可意会心传而不必言喻。

接着，鲁迅用几个细节的描写和生活情状的简略转述，透露出了范爱农的潦倒困境，尤其是心里的苦闷。如依稀增多了的"白发""很旧的布马褂，破布鞋"等，最后一句"显得很寒素"，这就是作者在描写后的主观视野了。转述的是范爱农的诉说，异国留学和故乡谋生，都是"几乎无地可容"。气闷之余也进城散心吧。实在是穷愁落魄得很。看过了两人在日本时候的争执冲突，对于范爱农的性格遭遇不会感到意外。一个和世道格格不入的自视清高的知识人，不被俗流所喜而受到排挤，郁郁不得志于当世，实在也是社会人生的常态。

于是便一起喝酒。鲁迅是这样写的："他又告诉我现在爱喝酒，于是我们便喝酒。"潜台词便是"我"早已是"爱喝酒"的了，所以才能"于是我们便喝酒"。而且常是喝醉的。"从此他每一进城，必定来访我，非常相熟了。我们醉后常谈些愚不可及的疯话……。"原来两人的"相熟"还是在这回国后的再相遇，只是风华正茂的年轻意气已经消磨殆尽，彼此都已是失意不得志的"边缘人""多余人"了。更重要的暗示是，这种酒醉的生活正是作者当时的实况写照。范爱农的生活遭际成为作者镜像中所见的自身的影子。无限的哀伤和自怜，借酒一吐而快啊！所以才有了这么多的"疯话"。这也才搞清楚了当年范爱农为什么要"故意""专门反对我"。原来竟是"我"的失礼冒犯在先了。

鲁迅用较大篇幅回顾了当年冒犯范爱农的旧事，看是对于范的一种追忆方式，本文就是追忆范的。但也有些微言大义、刻骨铭心的情思深埋其中。"我"的冒犯表现主要是不满范爱农们的"摇头"，而且至少"摇头"了两回。注意到两次"摇头"不满的原因，一是小脚绣花鞋，二是在火车上的揖让跌倒。看得出"摇头"不满的原因还是文化文明观念的冲突。思想支配了身体言行的表达，其时的"我"已经是接受现代文明启蒙了的新青年，对于历史传统遗下的陋习自是鄙夷不堪形于言表辞色，身体语言不能不有所表露。这就引起了孤高愤世的范爱农的不满。这还只是一种实际原因的真实揭露。令人感伤的是，被"我"摇头不满的人中间，还有真正的革命的志士，并且已经在革命中洒血抛颅捐躯成仁了。"摇头"的追溯里夹杂了长歌一哭的壮怀激烈感情。都是自己的已经牺牲了的革命同志啊！这又是"我"所不能不感同身受的自伤。然而，又仅是这样吗？

搞清了原因，作者约略延续了一下绣花鞋的情节，问清楚了绣花鞋是"师母"即徐锡麟夫人的。这就有了一种文化隐喻的可能，徐是激进的革命党人，其夫人则是传统守旧的妇人，可谓新旧同体的隐喻。这种同体到了新文化运动高潮前后才开始了普遍性的瓦解，如鲁迅、朱安、许广平的婚姻关系方式。那么更深一步，作为回忆性作品，鲁迅也可能借此提出了一个更加引人思考的问题：革命或革命者牺牲的意义究竟何在？历史和社会改变了吗？旧思想是否寄生、复活在新身体中呢？就这篇作品而言，我觉得鲁迅的回答是倾向于悲观的。再想前文那几位壮怀激烈英勇牺牲的先烈，鲁迅在情感上不能不产生一种悲凉之问：牺牲和生命的价值何在啊？

就在景况不佳、依然苦中作乐的无聊生活中,忽然就发生了真的革命。而且是地覆天翻的革命。辛亥革命起义推翻了清朝政府的统治,结束了两千年帝制,中国进入了共和时代。起义光复"第二天爱农就上城来,戴着农夫常用的毡帽,那笑容是从来没有见过的"。而且,也不喝酒了。对鲁迅那一代人来说,"光复"是对于异族统治政权的革命颠覆,即反清排满革命推翻了满清异族帝制统治,夺回了国家政府的正统权力。鲁迅、范爱农们的民族主义革命理想终于获得实现。这一代人的留学生涯与排满革命直接关联,本篇开头就直接进入了这一革命氛围。现在革命终于成功了,范爱农的激动和兴奋当然是从未有过的,这也正是鲁迅自己的亲身体验。

然而,兴奋的激情未过,革命后的现实真相被"我"(也是作者鲁迅)一眼就看透了。"满眼是白旗","然而貌虽如此,内骨子是依旧的",换汤不换药,新瓶装旧酒。新政权首领也架不住权力的腐蚀,"在衙门里的人物,穿布衣来的,不上十天也大概换上皮袍子了,天气还并不冷"。作品用几个细节评价了大革命大历史,贯穿了杂文笔法的叙述,以表入里、由外及内,写出了一个大时代变迁的真实风貌。由此就不难理解下文的"我"和范爱农依旧只能是"边缘人"而已。前路的抉择是作者写作此篇时仍须思考的重大问题。篇中范爱农的命运则是一种悲剧的结局吧。

革命后的范爱农和"我"同事搭档,办事教书都很勤快。然而,和新权力的冲突还是势不可免地产生并激化了。这里相关的几段,作品的叙事方式就很有意思了。本篇名为《范爱农》,但在行文叙述中,很多处并不主要着墨于范,而是在写"我";"我"是作品人物和叙述人,最后又落实到范。换言之,"我"的叙事角色十分显眼,有时还承担、发挥着全篇结构和修辞的重要功能,而范则居于其中的关键枢纽。

"我"的笔墨说到底还是为写范服务的。

后几段写"我"与年少革命者的言语冲突,也是衬托出了所处时代社会的一种难言的苦涩意味和难堪境遇,或多或少渗入了作者个人历来遭际的体验与痛苦。因为有过一点阅历"世故","我"知道是没法再和少年革命者说清楚世道人心之凶险的了。甚至,言之过甚,"我"也会被革命的。(鲁迅百年前的这一点考虑,使我尤其联想到现在的自媒体中最多发生的对于无辜个人的疯狂攻击和抹黑,以致所谓"社会性死亡"或"休克"几乎成为不可预料的常态现象。借助革命正义和崇高道德的名义,理直气壮地对他人实施不择手段的暴力迫害和打击。)鲁迅当然不愿做无谓的牺牲,但是,范爱农有此"世故"之心吗?作品此处没有写到范,但文字的空白也许正是范爱农失败的地方。所以当"我"要去南京的教育部任职时,范会"颇凄凉"地说:"这里又是那样,住不得。你快去罢。"革命后也无非如此。"我"走了,范爱农也接近了他的末路。

果然,接替"我"的"后任是孔教会会长",真是一语褒贬,春秋笔法。革命后,不仅政治上无多进步,而且文化上更是堂皇开起了倒车。真可谓"内骨子是依旧的"。更有甚者,报馆也被武力捣毁了,年少的革命者终于付出了代价。对此暴力流血事变,鲁迅的笔法则是冷嘲和幽默。"风流人物的裸体照片""还怕要被禁止的"云云,一是对现实的悲愤冷嘲,同时也不失为一种行文的修辞——泪眼中的幽默,只有经历过革命实践的残酷和鲜血才能有如此笔法。这是带血的幽默,落笔实在是千钧之重。并且也将对于当下荒唐的讽刺顺笔带入了历史的记叙中。

范爱农当然也很快倒霉了。"他又成了革命前的爱农。"当初作者回国在故乡重逢爱农,后者是一副凄苦之状;革命后作者离别爱农,后者的人生兜了一大圈，又回到了原点。革命前后的范爱农并无真的改变。失败的幻灭腐蚀了他的生命和灵魂，这何尝不是鲁迅的自况。看五四前鲁迅在教育部任职期间的日记，就能明白范爱农的心境衷曲和生命轨迹。范只能过着寄人篱下的生活，"境况愈困穷，言辞也愈凄苦"。最后无处寄身，"便在各处漂浮"。终于传来了失足淹死的噩耗。范爱农的死，相比于常年栖身在未庄土谷祠里的底层无产游民小人物阿Q，这实在是一个曾经风流的真的革命者、知识者的更加悲凉的结局。鲁迅的郁愤用什么样的文字才能真正表达！

多年后，作者为自己落魄潦倒而死的故友仍难以释怀，回忆说得很直白："我疑心他是自杀。"是的，阿Q不会自杀，范爱农却是会的。他们活在两种精神层面上、两个精神世界里。也只有深解范爱农的精神内心生活，如冷暖自知者，才会出鲁迅此言。

> 夜间独坐在会馆里，十分悲凉，又疑心这消息并不确，但无端又觉得这是极其可靠的，虽然并无证据。一点法子都没有，只做了四首诗，后来曾在一种日报上发表，现在是将要忘记完了。只记得一首里的六句，起首四句是："把酒论天下，先生小酒人。大圜犹酩酊，微醉合沉沦。"中间忘掉两句，末了是"旧朋云散尽，余亦等轻尘。"

这不仅是在悼念故友，实为自伤自悼也。我一再说本文将"我"与爱农对写，尤其是写"我"处甚多，而写爱农处，也是在写"我"。文学性的说法，我以为爱农也是替"我"而死的；"我"在爱农身上已经死过一回了。这才有了回忆爱农的本篇自悼之作。一般意义上的怀人悼亡之旨恐在其次。

作为对故乡故友的回忆，本文还继续还原了有关爱农之死的生平细节。也算是对"自杀"之疑的一种补充。是的，爱农已经到了世俗人生的穷途末路，唯一的幻想只是老友"鲁迅"的召唤。生无可恋，死也不甘，最后水中的尸体也是"直立着"。悲乎哉！"我至今不明白他究竟是失足还是自杀。"呜呼哀哉。

友情、性格、时代、历史、命运……，尤其是关于人性和革命的缠绕情思，在这一篇《范爱农》里淋漓尽致了。

但还是没完。作品终结前又"伤"了我们一下，徒然地把不确定的安慰留在了虚空里。范爱农死后的族人争产一节，也有着鲁迅自身的体验。就在他父亲死后，就有周氏族人欺负寡弱，前来谋夺家产。这是鲁迅的切肤之痛。"现在不知他唯一的女儿景况如何？倘在上学，中学已该毕业了罢。"作者终究于心不忍，结尾不甘凉透，多少留下些余温暖意。这种悲情中的温暖，毋宁说也是一种自伤自悼中的自慰期待吧。范爱农死了，"我"还在继续着自己的另一种人生。

"绝望之为虚妄，正与希望相同。"世上毕竟还留下了"绝望的抗战"精神的鲁迅的文字。这是别一种"尔曹身与名俱灭，不废江河万古流"的文学史书。

《朝花夕拾》并非止于暗夜。还有明天的朝霞和芬芳。范爱农死后，"铁屋"里仍爆发出了"狂人"和"五四"的呐喊。《朝花夕拾》的"彷徨"之后，鲁迅走向了"革命"和时代左翼的前沿。

后记　鲁迅文学个人史上的失踪者

鲁迅的"回忆记",或者我所谓"文学的个人史",在他自己本来也有后续文字,并非仅是《朝花夕拾》。晚年他在上海就已经开始了另一部回忆记、个人史的写作。遗憾天不假年,鲁迅终究中断或"失踪"在了他自己的回忆和历史中了。

《朝花夕拾》是有个人生活实感、生命温度的回忆写作,历史叙实和文学创作共同构成了它的呈现方式。它是文学的,它也是真实的。而且,比较过往的史实,《朝花夕拾》是鲁迅生命史延长线上的个人历史真实。传记年谱虽然文献翔实,史实可靠,但终究没有了传主、谱主鲁迅的感性生命,他的精神世界终究依附在他的文字和文学中。从客观史实上看,后世的传记年谱已经囊括尽了可能的"失踪者",但从文学和生命实感的"个人史"呈现来看,鲁迅"回忆记"中的"失踪者"却不仅非常明显,而且很有点儿令人诧异。在鲁迅个人史上,不管怎么说,鲁迅自己笔下的失踪者才是真正意义上的文学失踪者、生命失踪者。哪怕这些失踪者曾经是真实的存在——他/她们被记录在鲁迅年谱中,而非活在鲁迅的生活和生命、文学和精神的世界中。我想稍微再说说的就是这类"鲁迅文学个人史上的失踪者"。

《朝花夕拾》包括晚年几篇回忆作品,鲁迅写到了自己的血缘宗人、家族亲眷、师尊长辈、故交友朋、乡邻保姆……别看鲁迅留下的这类作品数量不多,所忆之人却也不少。那么,作为回忆作品,又有哪些人是应该被忆及,事实上却被鲁迅遗忘、缺漏而成为他的文学个人史上的"失踪者"了呢?

常规常识看，就要从父母开始的。鲁迅的父母在他的回忆记里失踪了吗？父亲显然没有失踪，母亲呢？有点儿失踪的嫌疑。鲁迅没有留下专写母亲的文字作品。他可是连保姆女佣长妈妈都写了的啊。为什么不写自己的母亲呢？除了偶尔的提及外。但是且慢，虽然在"旧事重提"里未见踪影，但看鲁迅晚年书信，却发现了他对母亲的人子亲情与深厚眷顾。不仅问候请安的通信不断，而且常把自己的在沪生活包括广平母子的情况报告给了远在北方的老母。较之公开的文学个人史回忆，私信也能说明母亲在鲁迅的生命日常中并没有完全失踪，反而是一种更加深刻方式的存在。所以，文学和实际的生活之间，还是有区别、有界限的。生命的面相呈现毕竟是复杂的。

如果说母亲的形象处在文学与日常生活之间，或暧昧失踪，或刻骨铭心，那么鲁迅的夫人朱安女士则基本上就是一个失踪者了。我们其实是不用怀疑的，在公开文字中，鲁迅显然是讳言妻子朱安的。当然他也从不否认她的存在。可惜，不管在公私哪面，朱安基本上就是鲁迅文学和鲁迅生活中的失踪者。尽管鲁迅生前死后都承担了朱安的全部日常生活费用（许广平在鲁迅死后承担了同样的责任和义务）。鲁迅把自己和许广平的感情发展、日常生活用《两地书》暴露在了公众面前，但一直未在公开场合正面提及与原配妻子的生活，也绝口不涉及两人的家庭关系。从回忆记、个人史、文学书写的多个角度看，朱安都是鲁迅生活中的失踪者。她可是他的妻子啊！难道这不是一个悲惨的人生吗？谁又是这悲剧、这惨剧的制造者呢？

上溯一代，就是鲁迅的祖父辈了。看过周氏兄弟（二弟作人、三弟建人）的回忆录，一定有此一问：周氏兄弟对于家族祖辈介孚公（1838—1904，周氏兄弟的祖父）的强烈忆述，本该是长孙鲁迅最为清晰的先人事迹，为何在鲁迅笔下、回忆记、个人史中，这位祖父家长竟然完全失踪了呢？鲁迅在史实和文学两面，就几乎没有给自己的直系嫡亲祖父留下任何位置，或留有关注的姿态和表示。相反，他倒是断然"拉黑"、抹去了和这位祖父的关联。何其之忍也。事出反常必有异故。可以肯定的就是，祖父是一个完全意义上的鲁迅文学个人史上的失踪者。

难得有合适的、正常的、自洽的理由来确凿地说明和解释这些"失踪"现象。要说是对去世的故人才旧事重提的回忆纪念，那么寿镜吾先生、藤野严九郎先生在鲁迅写作《朝花夕拾》时都还健在；祖父去世多年倒是提也不提。至于二弟周作人之类亲属人物的缺失，原因显豁，不提也罢。不管是已经去世的故人，还是仍然健在的亲属、故友、关系密切者，对照《朝花夕拾》的人物关系和范围，实在还有更多的重要、甚至必须出现的人物要在鲁迅的回忆记里。但他/她们都"失踪"了。文字里已经出现的固然重要，但空白处的秘密才应该是最深刻的吧。

我本来有意要把鲁迅文学个人史上的失踪者作为一个专题充分讨论一下的，但出于谨慎的考虑还是节制了最初的冲动。主要受制于两个原因，一是缺乏足够和可靠的文献史料支持，二是缺乏鲁迅文字作品的足够支持。这样，既不能对这些失踪者进行充分的文献还原描述，况且有些还原描述已经由前人在现有条件下做过了、做好了，也无法对这些失踪者人物形象进行文学性分析和探讨，结果必将是证据软弱的猜测，加上勉强的逻辑推演。这在学术上和文学上不仅无益，而且都显得很不负责任。就像刻意去推演周氏兄弟决裂的原因一样，将严肃化作了无聊的故事演绎。所以终于作罢了一个多少有点儿可以激动的灵感创意。就把这些作为一个问题，放在书稿完成的后记里，简单提出来说一说吧。其实对于能够想到的每一个失踪者的失踪原因，我都有一点不完全的史实和猜想可说，但也不强做解人了。否则就十足自相矛盾了。只是从人性观察、文献阅读和文学想象力上，我仍希望读者多少会觉得这问题有点儿意思。一如绘画中的留白，绝非就是无意、无义的空白。人文世界的展开更多也在深邃、悠远的留白之处。所有的失踪者包括写作者，都会在那里。

就这样，我的书姑且到此结束。不可穷尽的是我们和文学的精神世界。